UNION GÉNÉRALE D'ÉDITIONS
8, rue Garancière - Paris VIe

Du même auteur
dans la même collection

RETOUR EN AFRIQUE

MAMIE MASON
ou
Un exercice de la bonne volonté

PAR
CHESTER HIMES

Traduit de l'américain
par Minnie DANZAS

10|18

Série « Domaine étranger »
dirigée par Jean-Claude Zylberstein

PLON

Titre original :
Pinktoes

ISBN-2-264-00553-X

INTRODUCTION
UNE EXCURSION DANS LE PARADOXE

JAMAIS rien ne va. Jamais rien ne se fait comme on le voudrait. Combien de fois l'avez-vous entendu dire? Combien de fois vous-même l'avez dit! Et pourtant, ces propos n'expriment jamais une pensée cynique, défaitiste ou nihiliste. Toujours ils affirment la foi. Car si rien ne va jamais, la vie, elle, va de l'avant. Et même si rien jamais ne s'arrange selon les plans conçus, la race humaine se multiplie, se développe, progresse. Chaque jour, à chaque heure du jour, l'homme devient plus sage, plus sain, plus heureux. Et les innombrables procédés d'autodestruction qu'il élabore opiniâtrement ne dévient guère sa marche régulière vers l'âge d'or, quelle que soit l'interprétation du terme et quel que soit le lieu de l'avènement. Donc, tout va bien du point de vue de Quelqu'un, et les choses s'arrangent selon le plan de ce Quelqu'un. Pour nous-mêmes, pour nous les milliards d'individus qui avons hérité cette terre, le seul et simple fait d'exister, de vivre et de donner la vie — cette vie qui sera, alors que nous ne serons plus — constitue une preuve indéniable et absolue de notre foi en ces principes, *n'est-ce pas* (1)?

(1) En français dans le texte.

Prenons l'exemple de cette soirée, à la Copa, qui fut marquée par la chute de Billie Hall. Billie se proposait de faire une entrée époustouflante, de capter l'attention de chacun, une attention sans réserve, d'être une sensation — la *sensation.* Elle voulait entendre les hommes japper comme des chiens autour d'un morceau de choix et les femmes cracher comme des chattes devant cette meute jappante.

La Copa, au cas où vous l'ignoreriez, est un grand et fastueux cabaret de Manhattan, où des créatures de luxe, ruisselantes de fourrures et de joyaux (parfois vrais) s'assemblent, en fin de soirée, pour voir et se faire voir, accompagnées de cavaliers dont la principale fonction consiste à payer l'addition, ce qui, à la Copa, n'est pas une sinécure.

Billie, en admettant que vous n'en ayez pas gardé le souvenir — ces petites-là, comme chacun sait, ça va, ça vient — était la vedette d'une revue musicale noire qui, à l'époque, faisait à Broadway un éphémère succès. Comme de bien entendu, Billie était fille de couleur. Ce n'est, en effet, qu'à l'Opéra, plus près du centre, que l'on voit dans des pièces montées par des Blancs des étoiles se maquiller en chocolat pour les besoins de la cause... Est-ce que je me fais bien comprendre? Cette histoire de pièce montée au chocolat pourrait évoquer pour vous quelque pâtisserie géante, artistement décorée... Enfin...

Billie, donc, avait des boucles d'un noir de jais, sculptées et vernies par un grand coiffeur de Harlem, et d'immenses yeux sombres aux reflets fauves. Sa peau avait la douceur crémeuse du flanc aux œufs, et ses courbes la touchante beauté, l'accessibilité et le pittoresque que l'on attribue communément à l'autoroute Merrit. Mais aucun architecte sur cette terre, quelle que soit sa qualification, ne pouvait se vanter d'avoir tracé ces courbes. Et pour le prouver — elle se croyait en effet obligée de le prouver, ces avantages lui ayant été octroyés par la Providence et par surcroît, alors qu'elle possédait déjà un teint admirable — pour le prouver donc, elle ne portait, sous son fourreau de soie, qu'une arachnéenne combinaison.

Le cavalier de Billie, en ces conjonctures, était un personnage de race blanche et de la race des fêtards mondains, qui, au cours de sa vie de noctambule, avait dépensé assez d'argent à la Copa pour s'assurer une flatteuse considération. Aussi, à peine sa limousine s'était-elle arrêtée devant l'entrée de la Copa, que ce fut le branle-bas parmi les larbins-maison afin de lui confirmer sa propre importance.

Le minutage de leur entrée fut parfait. Les girls de la Copa venaient de quitter la piste et les lumières s'étaient rallumées pour quelques instants, afin que les dîneurs puissent enfin repérer le filet mignon dans leur assiette et remâcher autre chose que leurs souvenirs. Pourtant, après un bref coup d'œil à Billie, chacun s'appliqua à regarder ailleurs. Car, disons-le, tout client de la Copa est une célébrité. En fait, l'admission à la Copa constitue à elle seule un brevet de célébrité. Il faut avoir une célébrité parmi les célébrités — être, par exemple, la personne pour qui un des derniers rois ait renoncé à un trône encore prestigieux, ou une vedette admirée qui ait renoncé de plein gré à son titre de reine de cinéma et à la gloire qui s'y attache, pour devenir un météore à lunettes noires, vêtu d'oripeaux et de mystère — il faut donc avoir cette célébrité-là pour forcer l'antagonisme de la salle.

Billie sentit ses nerfs se tendre. La sueur commença à sourdre entre ses jambes. Elle contracta ses muscles pour s'empêcher de trembler. Mais les mouvements de son corps perdirent leur grâce fluide et ses hauts talons ballottèrent. Selon le rite rigoureusement établi dans des endroits tels que la Copa, elle traînait son manteau de vison sur le plancher. Mais, en traversant la piste de danse pour gagner sa table réservée au premier rang, elle se prit le pied dans les plis soyeux de la prestigieuse fourrure et piqua une tête vers le sol. Athlétique de nature, la jeune personne, bien entendu, n'allait pas s'aplatir sur sa figure. Elle réussit à amortir la chute avec ses mains. Mais cette posture — corps arqué, mains au sol — tendit à l'excès le tissu de son fourreau, si bien que la robe et l'arachnéenne combinaison se fendirent simultanément suivant la ligne du dos, exposant aux regards de l'assistance les crémeuses collines de l'un des postérieurs les plus captivants qu'il eût été donné de contempler à la Copa, ou en tout autre lieu public. Est-il besoin de le dire? Elle obtint l'immédiate et totale attention de la salle. Les yeux sortaient des orbites. Les vieux birbes et les rombières myopes fouillaient fébrilement dans leurs poches et dans leurs sacs en quête de lunettes. Il y eut quelques cas de hoquet et d'étouffement, dus à la descente dans le mauvais détroit de bouchées mal mâchées. Et, bien entendu, il y eut l'inévitable intermède lubrique consécutif à cette révélation candide des zones d'ordinaire camouflées d'une luxuriante anatomie féminine.

Les choses allèrent aussi mal et aussi loin que possible. Et rien ne pouvait être plus éloigné des espoirs conçus par Billie. Pourtant, elle fit, ce soir-là, l'entrée la plus sensationnelle dans les annales de la Copa, une entrée devenue légendaire. Et si Billie demeure encore dans bien des mémoires, c'est en tant que propriétaire d'un éblouissant derrière.

Maintenant, examinons le cas d'Henry Hill. Il n'avait d'autre ambition que de faire une petite blague. Il était l'un des cinq garçons de salle chargés de nettoyer le nouveau snack automatique Horn et Hadart, à Manhattan, qui devait ouvrir le lendemain.

Ils avaient tous rigolé en écoutant le vieux Fats qui, rétamé à zéro, ne cessait de chicaner le chef. Le chef répétait : « Fats, fais ça ! » Mais Fats demandait au chef sur le mode hargneux : « C'est-y ça qu'il faut que je fasse? » Du coup, le chef se fâchait tout rouge : « Je te l'ai dit, fais ça, ou c'est-y que t'as pas envie de travailler? » Et Fats de répondre, plus agressif que jamais : « Que oui, Monsieur, j'ai envie de travailler ! Un peu que je veux travailler, sinon je serais pas là. Si j'avais pas voulu travailler, je me serais pas présenté à mon travail. » Et le chef, il reprenait : « Mais, alors, qu'est-ce qu'il y a qui ne va pas? Si t'as envie de travailler, mets-toi z'y et fais ton boulot. » — « C'est bien ce que je veux, me mettre au boulot », disait Fats. Et le chef demandait : « Alors? Qu'est-ce qui t'en empêche? » Et Fats de répliquer : « Moi, je cherche à comprendre ce que vous voulez au juste. Je cherche à savoir si, dans votre idée, c'est ça que je dois faire... »

« Le vieux Fats est un crack ! » disaient les autres garçons de salle. En fin de compte, le chef comprit qu'il n'y avait rien à tirer du vieux Fats, alors il lui dit de porter l'échelle au sous-sol, dans l'espoir que Fats aurait assez de jugeotte pour se planquer en bas et ne pas remonter. Mais Fats regarda l'échelle, puis le chef, et fit : « Cette échelle-là, patron? » — « T'en vois une autre? » cria le chef, écœuré. Fats se retourna vers l'échelle et déclara : « Patron, c'est pas moi qu'a monté cette échelle ici. »

Et voilà les autres gats pliés en deux. Et même le chef ne put s'empêcher de rire.

Ceci se passait la nuit. Et quand enfin le rade fut à peu près propre, il était quatre heures du matin. Alors, le chef, il dit aux gars de porter dehors quelques seaux d'eau savonneuse pour laver les socles des vieux piliers de béton qui longeaient les vitrines. Dehors, il faisait un froid de canard, et les gars s'entre-regardèrent comme si le chef était tombé sur la tête. Et c'est là que Henry voulut lancer son vanne, sachant que, de toute façon, il fallait laver les socles en question, puisque le chef leur en avait donné l'ordre. Donc, il dit au chef : « Patron, c'est pas nous autres qu'ont sali ces poteaux-là, c'est les chiens du quartier ! »

Personne ne rit. Comme dans le cantique : « Loin, très loin, dans ma solitude, de mon prochain je n'entends pas les pleurs. » Eh bien ! pour ce qui concernait le vieux Henry, de son prochain il n'entendit pas le rire. Tout au contraire, ses collègues de couleur lui en voulurent d'avoir insinué, en présence du chef, qu'ils auraient pu s'abaisser à cochonner des poteaux de ciment en pleine rue, et au beau milieu de Manhattan. Le chef, de son côté, se fâcha contre Henry qui avait voulu faire rire à ses dépens, comme s'il avait jamais soupçonné les gens de couleur de dégrader des poteaux dans la rue ! Et, la discussion se prolongeant, le chef finit par déclarer à Henry qu'il avait eu affaire avec des gens de couleur depuis qu'il travaillait à la Société Horn et Hadart, c'est-à-dire depuis douze ans, et qu'en toutes ces années jamais il n'avait surpris un Noir en train de se soulager ailleurs que dans les toilettes et que jamais, en toutes ces années, il n'avait eu de difficultés avec son personnel noir et que c'étaient des mecs comme Henry, des provocateurs, qui sont cause des conflits raciaux.

Henry répondit tout de go que ça n'avait rien à voir avec le problème des races, mais supposition qu'il soit question de gens de couleur en train de se soulager contre un poteau, y a toujours des individus dans le genre du chef qui laissent entendre qu'il n'y a que les Noirs pour pisser contre un poteau, alors que dans la 3e Avenue et plus loin, dans la Bowery, il avait vu, de ses yeux vu, des Blancs en train de cochonner la rue sur toute sa largeur! C'est bien simple, si on voulait aller jusqu'au bout des choses, lui, Henry, n'avait jamais vu que des Blancs en train de se soulager dans la rue ou arroser un poteau; parce que, dans l'ensemble, l'homme de couleur, il a trop le respect de lui-même et de son entourage pour s'oublier comme ça. En fait, neuf fois sur dix, il va dans une ruelle sombre ou alors il se met à l'abri d'une porte cochère, pour ne pas être aperçu. Le chef, qui s'énervait de plus en plus, déclara : « C'est ça, l'ennui! Henry et ses pareils, ils sont toujours en train de faire la différence entre un gars qu'est blanc et un gars qu'est noir. Le monde, c'est du monde. Le monde noir, c'est du monde et le monde blanc, c'est du monde aussi. »

Henry s'énervait de son côté. Et il dit au chef : « A vous voir, on dirait pas que le monde de couleur, c'est du monde pareil que le monde des Blancs. Je parie que, si nous autres, on était blancs, vous nous demanderiez pas de sortir dans le froid pour laver des poteaux dégueulasses. »

Cet argument réveilla chez les autres garçons noirs le sens de la justice et l'un d'eux dit au chef : « Si on n'embauche pas de garçons de salle blancs à la compagnie, c'est parce qu'un Blanc, il sera jamais d'accord pour laver par terre. Suffit qu'ils foutent un petit gars blanc à briquer par terre, il rend son tablier aussi sec. »

Le chef se trouva à court de réponse, aussi trancha-t-il : « Donnez-moi un seau. Je vais aller dehors, moi, et je vais laver les socles », tout ça pour prouver aux autres que le Blanc, il ne demande jamais aux Noirs qu'un travail que lui-même accepterait de faire.

Mais les petits gars noirs ne voulurent rien savoir — ils n'allaient pas laisser le chef sortir dans le froid pour laver les socles, pendant qu'eux se prélasseraient à l'intérieur et le regarderaient faire. Ils s'en furent donc dans la rue, grommelant et frissonnant, ils briquèrent les socles et les rincèrent à l'eau chaude jusqu'à ce qu'ils fussent blancs comme marbre. Et, quand tout fut fini, Henry scruta la rue de haut en bas et, s'étant assuré qu'il n'y avait personne en vue, il se soulagea sur le montant qu'il venait de nettoyer, imité par tous ses collègues. Ils se tordaient comme des bossus en rentrant dans le snack.

Le chef se demanda bien ce qu'ils avaient trouvé de si comique dans le nettoyage des piliers, mais, satisfait d'avoir évité un drame et d'avoir fait nettoyer les socles, il ne chercha pas à en savoir davantage. Mieux, il permit à l'équipe de regagner ses foyers une demi-heure plus tôt que prévu et, par la suite, Henry devint son bras droit.

Dans le même ordre d'idée, on peut citer l'incident, provoqué à Harlem par la rencontre nocturne de deux chats. Cela se passait dans une petite rue de la « Vallée », où régnait un silence total (si l'on excepte le bruissement des rats dans les boîtes à ordures), et l'obscurité totale (si l'on excepte la lueur rougeâtre qui filtrait à travers les interstices des volets). Et voilà que, soudain, à l'extrémité sud de la rue, un chat blanc se coula prudemment de la zone d'ombre que projetait une voiture à bras délabrée. Planqué sous une porte cochère, à l'extrémité nord de la rue, un chat noir aperçut le chat blanc et se dit : « Je vais le dérouiller, moi, ce matou blanc, pour lui faire passer l'envie de se baguenauder à Harlem. »

Le chat blanc, ayant inspecté la rue est-ouest et sud-nord, obliqua vers le coin nord de la ruelle. Quand il eut atteint le milieu de la chaussée, le chat noir s'avança vers lui, titubant pour imiter l'ivrogne et, délibérément, le bouscula.

— Vous pouvez pas faire attention? fit-il avec mauvaise humeur.

Le chat blanc s'était rendu compte tout de suite que le chat noir cherchait des histoires. Aussi dit-il d'un ton contrit : « Je vous demande bien pardon... » et tenta de passer outre.

Mais le chat noir ne voulut rien savoir.

— Qu'est-ce que tu cherches? Il te faut la rue pour toi tout seul? Elle m'appartient autant qu'à toi, c'te rue!

— Désolé, je ne vous avais pas vu... s'excusa encore le chat blanc.

— Comment ça, tu ne m'as pas vu? Tu chercherais pas à insinuer, des fois, que tu peux pas me distinguer la nuit, tellement que je suis noir?

— Laisse-moi passer mon chemin, camarade. Je veux pas de salades, moi.

— Y a pas de camarade qui tienne! Je suis pas ton pote, espèce de chat-teigne, passé à la farine!

— Je te défends de me traiter de chat-teigne, espèce de chat-loupé, passé à la suie!

— Je vais te couper le kiki, moi! siffla le chat noir en faisant jaillir ses griffes.

Mais le chat blanc avait des griffes, lui aussi, il les fit donc jaillir à son tour et ils s'affrontèrent avec des miaulements hostiles.

Ces miaulements réveillèrent quelques habitants de la rue, qui ouvrirent leurs fenêtres pour lancer sur les matous des bouteilles de whisky vides. Mais, quand ils se rendirent compte qu'un chat noir était aux prises avec un chat blanc, ils s'habillèrent en toute hâte et se précipitèrent dans la rue pour voir le chat noir dérouiller le chat blanc.

Mais le chat noir, ayant remarqué que le chat blanc avait les griffes dehors, à chacune de ses quatre pattes, n'était plus tellement chaud pour déclencher la bagarre. Aussi demanda-t-il au chat blanc, d'un ton cordial :

— Dis donc, mec, tu serais pas de Cincinnatti, par hasard?

Le chat blanc, lui non plus, ne tenait pas tellement à se battre, aussi répondit-il avec beaucoup d'élan :

— Mais parfaitement, gars, comment t'as deviné?

A vrai dire, ce chat blanc était né et avait grandi à Jersey City et, s'il traversait de temps en temps la rivière pour aller à Harlem, c'était histoire de chercher une bonne fortune de l'autre côté de l'eau.

— J'aurais juré que t'étais de Cincinnatti, mon pote, rien qu'à la façon que t'as eue de te ramener, on aurait dit Ezzard Charles! Tu dois le connaître, le vieux Ez?

— Si je connais Ez! Il me demande si je le connais! Mais on est des intimes, moi et puis Ez!

Mais, déjà, les habitants, à la galerie, commençaient à s'impatienter. « Allez, que ça bouge! disaient-ils. Vous vous battez, ou vous vous pelotez? Hé, les matous, vous êtes pas marrants! »

Les chats, pourtant, ne prêtaient aucune attention à l'assistance. Le chat blanc était en train de sortir tout un boniment sur Cincinnatti, où il n'avait jamais mis les pieds. Emporté par son sujet, il demanda tout joyeux au chat noir : « Tu connais sûrement Joe-le-Cirage? » croyant taper dans le mille. « Joe-le-Cirage? Qui c'est ça? grinça le chat noir. Pourquoi veux-tu que je connaisse un particulier nommé Joe-le-Cirage? Tu crois peut-être que nous aut', chats noirs, on connaît que des types au cirage? »

Et voilà les miaulements qui reprennent, les griffes qui sortent, et les deux matous qui semblent prêts à se voler dans les plumes sous le plus mince prétexte.

L'assistance, composée de gens de couleur, s'imagina que la bagarre était déclenchée, ou tout comme, et tous se mirent à sautiller sur place et à se raconter comment le matou noir, il allait se découvrir un punch à la Sugar Ray Robinson et monter le chat blanc en neige, selon la recette de tous les livres de cuisine un peu sérieux. Mais rien n'arrivait et l'un des spectateurs finit par s'écrier : « Ces matous-là, ils refusent le combat... ils s' défilent ! » Du coup, le public se fâche d'être ainsi volé, alors qu'il espérait voir le chat noir étendre pour le compte le chat blanc. Il se précipita donc sur les deux matous et les bourra de coups de pied.

Les chats filèrent droit au nord, par Lennox Avenue, et ne s'arrêtèrent qu'à la 135e Rue.

— Mon bon frère, dit le chat blanc, lorsqu'ils furent assis sur le bord du trottoir pour retrouver leur souffle et lécher leurs blessures, mon bon frère, ne va pas croire que je veux insinuer quelque chose, rapport que t'es noir tout comme ces gens-là, mais ce que je cherche à comprendre, c'est pourquoi ces types, ils se sont mis en pétard contre toi aussi?

Le matou noir regarda le chat blanc d'un air douloureux et répondit :

— Mon bon frère, eux autres, c'est du monde et nous autres, on est chats. Alors, nous aut' chats, vaut mieux qu'on chahute entre nous et que les hommes, ils s'assomment entre eux.

Et c'est ainsi que les deux chats s'en allèrent à travers les rues désertes, en se tenant par l'épaule.

— Mon bon frère, reprit le chat noir, je vais te dire une chose, au train où va la vie de nos jours, un chat noir, il peut plus compter sur rien de bon. Une poignée d'herbe à chat, c'est son seul réconfort.

— Mon bon frère, c'est tout pareil pour les chats blancs, dit le chat blanc.

Et voilà qui démontre que, pour les chats non plus, les choses ne vont jamais comme elles devraient. Et pourtant, les chats chahutent, les faisans faisandent, et les bourriques bourriquent ainsi que chacun peut le constater régulièrement, en consultant la presse quotidienne de la ville de New York.

UNE LEÇON D'HISTOIRE

La plupart des Noirs américains sont des descendants, à cent pour cent ou seulement en partie, des Noirs d'Afrique qui, déportés de ce continent dans l'hémisphère occidental, furent esclaves pendant les deux siècles qui précédèrent la guerre de Sécession. Quelques-uns, cependant, ne sont pas descendants de Noirs déportés, ils vinrent de leur propre gré de différentes contrées d'Afrique, d'Europe et de l'Amérique du Sud, au même titre que les autres émigrants.

Il n'existe pas de statistique établissant le pourcentage de Noirs américains qui ont gardé pur le sang de leurs ancêtres. Sur l'ensemble, à peine la moitié sont des Noirs sans mélange. Nombreux sont les Nègres qui n'ont qu'une parcelle minime de sang noir — un quart, un huitième, un seizième, un trente-deuxième. Il n'y a pas si longtemps, les journaux faisaient l'éloge d'un grand leader noir, qui, bien que n'ayant — du moins, le prétendait-on — qu'un soixante-quatrième de sang noir, était resté fidèle à « sa race » et combattait avec « les siens ». Il est permis de penser qu'un touriste martien serait fort troublé devant de tels propos. Quelle est donc la race de cet homme et qui sont « les siens »? pourrait-il demander à juste titre.

Ce qui nous ramène à la question : « Qu'est-ce qu'un Nègre? » D'après la définition officielle, est nègre, aux États-Unis, quiconque a du sang nègre. Dans le sud des États-Unis, un homme qui n'aurait qu'une goutte de sang noir est considéré comme un Nègre de fait. Pourtant, il est à supposer que cette goutte est régulièrement répartie dans les quelque dix litres de sang qui circulent dans les vaisseaux du Nègre. Sinon, rien n'empêcherait le Nègre en question de se piquer le doigt et d'expulser cette goutte infamante.

Mais, s'il fallait mesurer le sang des Noirs à la goutte, on pourrait découvrir de nombreux Blancs dont les vaisseaux charrient plus d'une goutte de sang noir et même quelques prétendus Nègres qui en ont moins d'une goutte. Par conséquent, la seule définition valable du Nègre est la suivante : un Nègre est un individu qui, pour une raison ou pour une autre, est reconnu comme tel. Il est peu recommandé de traiter de Nègre un Blanc qui a une goutte, ou même plus, de sang noir, s'il est reconnu comme Blanc. Donc, pour la facilité de notre récit, nous allons appeler Nègres des personnes que l'on considère comme étant des Nègres.

De nos jours, c'est-à-dire au milieu du XXe siècle, tous les Nègres reconnus comme tels sont des citoyens de plein droit des États-Unis, au même titre que les Blancs reconnus comme tels, pourvu que leur naissance réponde aux conditions stipulées dans le 15e amendement de la Constitution. A la suite de la guerre de Sécession, la citoyenneté fut accordée aux anciens esclaves noirs par les amendements n°s 14 et 15. En fait, il existe encore des naïfs qui se figurent que c'était là le propos de cette guerre. Ces gens-là n'ont pas encore compris que si la guerre de Sécession a eu lieu, c'est parce que les Nordistes étaient jaloux des Sudistes. Mais de nombreux Noirs éparpillés dans les États du Nord et de l'Ouest étaient déjà citoyens américains avant que la guerre éclate. La plupart des historiens considèrent ces citoyens-là comme « prématurés » et, en conséquence, évitent d'y faire allusion.

Ainsi, la question de la citoyenneté pour ce qui concerne les Nègres « notoires » ne se pose pas. Ils sont citoyens bel et bien .Mais lorsqu'il s'agit de Nègres, le mot citoyenneté n'a plus son sens habituel. Et, de ce fait, dans tous les États-Unis, on constate que le Noir est victime de la ségrégation en maintes circonstances, tout comme s'il ne jouissait pas de la citoyenneté américaine. En admettant, bien sûr, que les droits d'un citoyen soient imprescriptibles — principe généralement reconnu par les juristes qui font autorité en la matière.

Par suite de cette énorme confusion, la plupart des Noirs, à travers les États-Unis, vivent ensemble, coude à coude, dans leurs communautés propres, connues sous le nom de « Ceinture Noire », « Négroville », « Baraqueville », « Quartier Couleur », ou sous tout autre nom inspiré par l'histoire locale ou les fantaisies des agents immobiliers, à moins qu'elle ne doive son nom à quelque gracieuseté raciale, ainsi, « la Mare aux Poissons-Chats ». Il y a des gens qui prétendent que les Noirs ont le goût de cette promiscuité, d'autres soutiennent qu'il n'en est rien. Controverse qui n'est pas sans parenté avec les jeux de rhétorique pratiqués dans les universités noires du Sud, sur des thèmes du genre : « Quel est l'élément le plus destructeur : le feu ou l'eau? » En fait, les Nègres n'ont pas le choix — ils sont obligés de vivre entre eux, dans leurs communautés noires, pour la bonne raison qu'ils ne peuvent vivre ailleurs.

Harlem, U.S.A., est une de ces communautés. Elle est située dans le haut Manhattan, qui est une circonscription de la ville de New York. Au sud, il est limité par la 110e Rue qui longe l'extrémité nord de Central Park; à l'est, approximativement par la 5e Avenue, à l'ouest, approximativement par Amsterdam Avenue. Il fut un temps où la 135e Rue était sa frontière nord, mais le quartier se développa et finit par s'étendre jusqu'à la 145e Rue. Maintenant, il fout le camp dans tous les sens — nord, est, sud, ouest, depuis la rivière de Harlem, jusqu'à l'Hudson, ses tentacules noires pénétrant profondément dans le secteur de Washington Heights; et, par les chauds après-midi de dimanche, la périphérie du Central Park, qui borde le lac, prend l'apparence très particulière d'une baignade dans le delta du Mississipi.

Harlem tient son nom d'une colonie hollandaise qui s'était fixée dans le quartier jusqu'à ce que les Noirs l'en expulsent. Peut-être, d'ailleurs, n'était-il déjà plus peuplé à l'époque par des Hollandais, mais il portait le nom de Harlem, tout comme maintenant. Avant cela, la communauté noire était établie dans le bas Manhattan, le long des docks de l'Ouest. Puis elle émigra au nord, vers la 40e Rue Ouest, dans un secteur appelé la colline San Juan. Maintenant, elle est fixée définitivement dans ce secteur excentrique, telle une grosse éclaboussure d'humanité dont le cœur bat à hauteur de la 125e Rue et de la 7e Avenue.

Plus d'un demi-million de Noirs vivent à Harlem. Et cela fait une cité de vastes proportions, une cité peuplée de gens à peau noire, brune ou jaune, qu'on appelle Nègres. Combien y a-t-il de villes, par le monde, où l'on compte un demi-million d'habitants? Cependant, et sans parler de la race de ses habitants, Harlem diffère sur bien des points des autres grandes cités. La Havane est, elle aussi, peuplée de gens de couleur, de même que Buenos Aires et Casablanca. Mais, tout d'abord, Harlem n'a pas d'autonomie, en tant que ville. Il est soumis aux réglementations de Manhattan, dont il fait partie. Une autre différence, c'est que les propriétaires noirs des Cadillac y exercent, pour la plupart, des professions indépendantes — ils sont boxeurs ou gangsters. En effet, très peu d'hommes d'affaires noirs sont prospères à Harlem. Les affaires en général, y compris les affaires immobilières, sont entre les mains des Blancs. A Harlem, les Nègres les appellent Juifs. Mais ce sont des Juifs blancs. Il existe des Juifs noirs, à Harlem, qui ont leurs synagogues et leurs rabbins, et qui pourtant sont aussi pauvres que les autres citoyens noirs, qu'ils soient catholiques, méthodistes, baptistes ou adventistes du 7e jour.

La plus grande différence, à vrai dire, réside dans le caractère de la population. Les habitants de Harlem possèdent la Foi. Ils croient en Dieu, ils croient au Juif, et ils croient au dollar. Mais s'ils ont Dieu et s'ils ont le Juif, le dollar, lui, leur échappe. Cela ne diminue d'ailleurs en rien leur foi en l'immuable dollar. Et, plus qu'aucun autre peuple au monde, ils croient que le dollar leur apportera tout ce qu'ils désirent.

Ils savent, bien entendu, que Dieu est la source de tout bien. Mais Dieu est au paradis et, comme de juste, avec tous les gros péchés qui se commettent quasiment sans interruption par le monde, Il est trop occupé pour se pencher sur leurs difficultés immédiates. Le dollar, en revanche, est bel et bien sur terre, et plus particulièrement dans la bonne ville de New York. Wall Street en regorge de dollars. Et si on parvient à en empiler suffisamment, on peut laisser le bon Dieu un peu tranquille.

La foi des gens de Harlem a encore d'autres objets — ils croient aux vêtements de couleurs vives, à l'effet bienfaisant des boissons alcoolisées, à ce remède miraculeux à l'amertume de la vie qu'est le tringlage. Nous aurions voulu employer un terme plus subtil que « tringlage » pour ménager la sensibilité délicate de ceux qui n'ont pas connu l'amertume de la vie, mais nous sommes limités par un vocabulaire qui n'avait pas été créé pour décrire la détresse du Nègre dans le monde des Blancs. Et ce qu'il y a de beau dans le tringlage, c'est qu'il n'exige ni l'intervention de Dieu, ni celle du Juif. Il est vrai, que, depuis quelques années, la question « dollar » devient de plus en plus brûlante. N'empêche que la foi est toujours un peu là. Tant que l'on peut baiser, il y a de l'espoir. A travers l'histoire du monde, le pauvre et l'opprimé ont reconnu dans cet admirable moyen d'évasion le plus précieux des dons. Et voilà pourquoi nous sommes si nombreux!

Il y a ceux qui croient que le père Divine est le bon Dieu. Il y a ceux qui croient que les femmes à la peau jaune préfèrent les hommes à peau noire. Il y a ceux qui croient qu'en mâchant une certaine racine séchée on s'immunise contre les méfaits de l'alcool de bois. D'autres croient dur comme fer que les rêves vous prédisent les numéros gagnants de la loterie. D'autres que les Noirs sont plus forts que les Blancs en toute chose. D'autres enfin que le lait sur de la pastèque est un poison mortel.

La plupart sont convaincus qu'ils sont désavantagés par rapport aux Blancs. Certains sont persuadés qu'à chances égales ils feraient très vite beaucoup mieux que les Blancs. Et d'aucuns croient que les Blancs refusent de leur donner cette égalité de chance, de peur qu'ils ne mettent la main sur le monde blanc tout entier. Si jamais ils avaient raison sur ce point, que Dieu nous vienne en aide! Mais, après tout, ça n'a pas grande importance qu'ils aient ou non raison. Ils ont la foi.

C'est bien pour ça qu'il y a, à Harlem, plus de marchands de spiritueux, plus d'églises, plus de bordels, plus de malfaiteurs, plus de mensonge, plus de rire, plus de tringlage-tripotage-tricherie, plus de parieurs à la loterie des numéros, plus de clients de garnis, plus de gredins, plus de bars, plus de crimes, plus de tripes consommées, plus de chansons et de danse, plus de coups de couteau, plus de prières et de cris, plus d'achats à crédit et plus de plaintes que dans aucune autre ville du monde. Ces gens-là ont la foi. Comment expliquer autrement qu'un garçon de salle, gagnant quarante-cinq dollars par semaine, aille dépenser vingt dollars dans un bar, le samedi soir, pour séduire une jeune personne de petite vertu? Il croit que ça en vaudra le coup. Il a la foi.

Les Blancs montent à Harlem pour se réchauffer à la flamme de cette foi. Pour s'en imprégner. Il n'y a rien de plus tonique pour le Blanc qui se fait quinze mille dollars par an et que dépriment les impôts, les dettes, les ulcères et la crainte d'être stérile, qu'un tour à Harlem, où il voit des gens s'en sortir avec un revenu trois fois moindre et où il les entend rire. Rire non seulement à des choses reconnues drôles, mais à toutes celles qu'on juge pas drôles du tout, rire des Blancs, rire d'eux-mêmes, rire des aspects saugrenus de l'injustice et du visage souvent ridicule de la vertu. Qu'y a-t-il de plus réconfortant que le rire? De plus aphrodisiaque aussi?

Un Blanc a expliqué un jour son engouement pour les soirées de Mamie Mason en ces termes : « Quand je suis là-bas, j'oublie tous mes ennuis, tous mes soucis, toutes mes responsabilités; j'oublie femme et enfants et mes pertes à la bourse. Je me sens tout réchauffé, détendu, décontracté, je n'ai plus qu'une seule envie : forniquer ! »

Ce qui prouve que cette foi est non seulement tonifiante, exaltante et enrichissante, mais aussi contagieuse. Et Mamie Mason avait la foi.

CHAPITRE I

En fait, Mamie ne nourrissait qu'une seule ambition : avoir un salon « nègre plus ultra », être mince, chic, élancée, connaître une existence aventureuse et dangereuse et se faire reconnaître comme la grande dame indiscutée de Harlem, U.S.A. Pouvoir porter sa robe-fourreau de satin noir, taille 40, et recevoir toutes les personnalités noires de marque avec leurs protecteurs blancs, leur offrir dans son appartement de Harlem de prestigieuses soirées et, au besoin, intervenir dans leur existence, briser un ménage en cas d'urgence, rendre malheureux des gens qui se montraient trop heureux et trop satisfaits de leur sort, et voir sa photo publiée régulièrement dans tous les journaux noirs, avec la légende : « *Mme Mamie Mason, la célèbre hôtesse de Harlem, a donné une réception...* » C'est bien normal, pour une femme, d'avoir de ces petites lubies.

Malheureusement, Mamie était, de nature, portée à l'embonpoint; aussi, pour pouvoir apparaître dans sa robe-fourreau en satin noir, taille 40, et s'enorgueillir d'une silhouette très parisienne, était-elle obligée de suivre un régime draconien, supervisé par son médecin, au prix de tortures inimaginables et à un tarif qui lui aurait facilement assuré une existence bienheureuse de gloutonne comblée. Parfois, la vue, même fugitive, d'une assiettée de saucisses aux haricots lui faisait douter de la pertinence de son choix.

Quand on songe que, les trois quarts du temps, cette créature était affamée, on ne peut que reconnaître qu'il est proprement honteux, pour des femmes bien nourries, au ventre rond et à la mine réjouie, de la juger avec tant de partialité et de propager leur opinion avec une telle malignité. Après tout, c'est une vraie performance pour une personne de trente-neuf ans, solidement charpentée, buvant sec, ambitieuse, énergique et portée sur la gueule, de s'introduire dans un fourreau de satin noir, taille 40, et surtout de porter la maudite défroque avec tant soit peu d'assurance. Performance qui aurait dû inspirer la plus vive admiration et même un certain respect (nul doute, elle sut inspirer le respect, et plus qu'un peu!) mais jamais elle n'aurait dû déchaîner, comme ce fut le cas, l'envie, la hargne et la jalousie, pas plus que susciter les machinations diaboliques dont Mamie fut la victime; ces petits tours pendables, ces petits tours de vache, enrobés de sucre, comme celui imaginé par Zoé, me paraissent tout simplement impardonnables.

D'autant plus que Zoé était la meilleure amie de Mamie — ou plutôt, l'une de ses meilleures amies. Disons sa meilleure amie à Chicago, car toutes les femmes qui avaient aux yeux de Mamie quelque importance, ou dont les maris jouissaient de quelque prestige, étaient ses meilleures amies. Le mari de Zoé, Zeke, était le trésorier d'une grosse compagnie d'assurances pour gens de couleur à Chicago et le ménage possédait une maison de brique, bourrée de meubles merveilleusement excentriques, style science-fiction, et deux grosses Cadillac aux pare-chocs en pointe de diamant. Alors, comme de bien entendu, Zoé était la meilleure amie de Mamie.

Mamie descendait toujours chez elle quand elle venait à Chicago, mais jamais, ni cette fois-ci ni plus tard, elle ne conçut le dessein de faucher le mari de Zoé. D'ailleurs, elle aurait été bien en peine de le faucher, puisque elle-même était déjà en puissance de mari, lequel mari était, lui aussi, le meilleur ami de Zeke.

Tout ce qu'elle souhaitait donc, c'était de se rendre avec Zeke, moulée dans son fourreau de satin noir, à bord d'une des Cadillac à pare-chocs en pointe de diamant, à l'une de ces soirées si sélectes, offertes par Cornell Crane III, grand directeur de journaux et magnat d'une chaîne de grands magasins, en l'honneur du Comité pour l'Amélioration des Relations interraciales, sous la présidence effective du maire. Et, si elle le souhaitait tant, c'était surtout parce que Zeke avait de la distinction et du prestige, par sa carrure aussi — il mesurait un mètre quatre-vingt-dix et quelques, pesait près de cent kilos, et qu'il émanait de lui une immense autorité. Mamie ne voyait aucune objection à ce que Zoé vienne avec eux : il y avait largement place pour trois sur le siège avant de la Cadillac. Et après tout, l'idée que Zeke emmène Mamie à la soirée venait bien de Zoé.

En fait, c'était la première chose dont Zoé avait parlé, lorsque Mamie avait débarqué, cet après-midi-là, sans crier gare, après avoir suivi un régime particulièrement sévère pendant trente jours d'affilée, sans d'ailleurs songer un instant que Zeke pourrait l'emmener à la réception. Elle voulait tout simplement prendre congé de Zoé qui partait pour Los Angeles envoyée par le journal dont elle dirigeait la rubrique des mondanités, pour assurer le reportage d'un mariage de vedettes noires, célébré au lever du jour. Mamie n'avait d'autre idée que de souhaiter bon voyage à sa meilleure amie, qui devait s'absenter pendant deux longues semaines. Et, après avoir assisté à la soirée de Cornell Crane III (à laquelle elle ne pouvait manquer d'être invitée en sa qualité de personnalité mondaine de Harlem), elle comptait rentrer tout droit chez elle.

L'idée de sortir avec Zeke ne l'avait donc pas effleurée, quand, tout à coup, voilà Zoé qui fait :

— Mon chou, je suis si contente que tu sois là ! Tu vas pouvoir aller à la soirée de Corney avec Zeke et tenir un peu en respect toutes ces garces qui n'arrêtent pas de lui tourner autour, en tortillant du croupion.

— Tiens ? Il y va, Zeke ? fit Mamie, tout étonnée. Je croyais que lui et Corney, ils étaient pas tellement copains.

— Tu comprends, mon chou, Zeke n'aurait pas l'idée de traverser la rue pour dire bonjour à Corney, mais le Comité a insisté pour qu'il vienne. Ils veulent présenter un front uni...

— Zoé, trésor, pourquoi tu ne resterais pas jusqu'à demain, comme ça, tu viendrais aussi. A nous trois, on pourrait rigoler un bon coup !

— Me tente pas, Mamie, mon chou. Tu peux t'imaginer comme ça m'embête d'aller sur la côte ouest, pour voir ces clowns faire leur numéro, mais ils m'ont réclamée personnellement et le fiancé — que le Ciel le bénisse, ce cher homme ! — me paie mille dollars, plus les frais, pour la publicité que ça va leur apporter !

Que fait une femme dans une pareille situation ? Sa meilleure amie Zoé la presse d'aller à une soirée avec son mari, elle-même étant empêchée. N'a-t-elle pas, en outre, décidé depuis longtemps d'y aller coûte que coûte ? Elle est parée de pied en cap et elle a suivi son régime pendant trente jours avec l'intention ferme d'étrenner pour l'occasion un fourreau de satin noir, taille 40. On peut donc dire que, jusque-là, les choses ont un caractère purement accidentel. Et rien de plus naturel pour Mamie que de se rappeler soudain sa robe neuve et de s'écrier :

— Ma jolie, dire que j'allais l'oublier, alors que je n'ai pensé qu'à ça! J'ai une robe neuve en satin, que j'ai trouvée en solde chez Lord et Taylor's, pour soixante dollars!

Étant femme, Zoé ne peut s'empêcher d'insister pour que Mamie la mette sur-le-champ. Sans compter qu'un troupeau de chevaux sauvages du Wyoming n'aurait pu contenir l'impatience de Mamie. En conséquence, Zoé devient instantanément jalouse de la silhouette de Mamie dans son fourreau taille 40, silhouette si souple, si lisse, si chantournée. Car, pour ce qui concerne Zoé, il faut recourir à un chausse-pied, à un marteau piqueur et à la force brutale pour introduire cette exubérance de chair bien soignée et bien nourrie dans une robe taille 46. Aussi, Zoé s'écrie-t-elle, pleine de venin :

— Oh! Mamie, c'est absolument épatant! Une vision de rêve, mon petit! Sensationnel!... Je me demande seulement ce qui se produirait si tu venais à éternuer...

Et Mamie de répondre modestement :

— A ce moment-là, trésor, je l'aurai déjà ôtée, ma robe!

Et c'est là que Zoé se rend compte brusquement que si Mamie a jeûné avec la persévérance de Mahatma Gandhi, ce n'est sûrement pas pour l'émancipation de l'Inde. Et, du coup, elle tire ses conclusions et se dit que toutes ces coïncidences sont on ne peut plus suspectes, et que si Mamie s'imagine que Zeke consentirait à seulement regarder une créature de son espèce, elle, Zoé, aurait aussi quelques mots à lui dire. Par exemple :

— Mais que deviennent tes seins, quand tu fais ton régime, mon chou? C'est-y qu'ils rétrécissent comme des peaux sèches, ou est-ce qu'ils pendouillent, tout simplement, comme des serpents maigres?

En entendant cette allusion aux plus discutables de ses charmes, le sang noir de Mamie ne fait qu'un tour, et elle rétorque avec une douceur acéto-fielleuse :

— Oh! ma belle, Zeke ne t'a donc jamais raconté l'histoire d'Adam qui demande au Seigneur de lui donner une femme? Il Lui dit : « Seigneur, faites que son ventre soit plat aux semailles pour que je me rende compte à sa rondeur que la moisson approche. »

Là-dessus, Zoé est prise d'une rage si démente qu'elle se précipite au rez-de-chaussée, sort du frigo une dinde de vingt livres, concocte une farce, copieusement épicée, d'oignons, d'œufs, d'huîtres et de beurre, et flanque le tout au four.

Quand Zeke rentra, il trouva Zoé à la cuisine, en train d'arroser la dinde, le feu aux joues, la sueur au front et la rage au cœur et, dans la chambre d'amis, Mamie étendue sur son lit, une robe de chambre de soie rouge drapée sur un pyjama vert pâle, portant à ses narines un mouchoir imbibé de parfum pour lutter contre l'odeur de la volaille rôtie, le visage pâle, l'air affamé et triste.

Zoé mit trois couverts et appela Mamie à table. Mamie déclina l'invitation, mais Zoé insista pour qu'elle se joigne à eux, ne fût-ce que par politesse, et si elle préférait ne pas manger de crainte de perdre ce petit air famélique si séduisant, elle pouvait au moins boire un verre en leur compagnie. Mamie fut donc obligée de prendre place à table, en face d'un bon scotch à l'eau qui ravivait sa faim, de torturante façon, et d'observer le grand bonhomme Zeke arracher de grosses bouchées succulentes de chair sombre, dans une grosse cuisse de dinde bien juteuse, avec ses fortes dents bien blanches. Elle connut alors tous les tourments de l'enfer.

Mais le tour le plus vache de Zoé, ce fut quand elle apporta à la cuisine tout le whisky qui se trouvait dans le bar du salon, et qu'elle plaça la dinde sur la plaque chauffante du fourneau, bien en vue, engageant ainsi celui qui voulait boire un whisky à s'offrir en même temps un petit en-cas !

Quand Zeke partit pour conduire Zoé à l'aéroport, Mamie monta quatre à quatre au premier et s'enferma dans la chambre d'amis, qu'elle inonda de parfum. Mais la chambre en question, qui se trouvait juste au-dessus de la cuisine, était dotée (Mamie l'ignorait, bien entendu) d'une bouche de chaleur qui communiquait avec la cuisine et que Zoé avait pris soin d'ouvrir. Ce que Mamie savait, en revanche, c'est qu'un fumet diabolique et tentateur de dinde rôtie était en train de triompher des exhalaisons quasi suffocantes de tout un flacon de parfum, d'une valeur de trente dollars.

Il fallait absolument qu'elle boive un coup pour apaiser ses angoisses.

Mais il n'y avait pas une goutte de whisky dans toute la maison... sauf à la cuisine. Force lui fut donc d'aller à la cuisine, malgré sa répugnance. Et, quand elle eut bu un whisky, force lui fut de grignoter, malgré sa répugnance, un bout bien croustillant de peau de dinde, avec une bouchée (une seule, pas deux) de farce, pour garder la tête claire. Mais ce fut tout. Cette femme avait une volonté de fer et, en faisant appel à toute son énergie, elle réussit à tourner le dos à la dinde tentatrice et à reprendre le chemin de sa chambre pour s'habiller. Elle n'y parvint jamais. Elle n'était qu'au milieu de l'escalier, lorsqu'elle fut brusquement agressée — agressée plutôt qu'assaillie — par une faim si violente, si féroce, si impitoyable, si insensée qu'elle fut incapable de gravir une marche de plus. C'est donc une pure exigence physique qui la ramena à la cuisine, où elle s'offrit une petite portion de blanc, un bout de cuisse, une cuillerée de farce pour compléter, et juste assez de jus pour humecter le tout.

Après cela, elle se sentit bien et retourna à sa chambre sans difficulté. Elle avait encore faim comme un requin femelle sur le point de mettre bas, mais elle dominait maintenant cette faim et n'éprouvait plus de faiblesse. Un seul ennui — son estomac presque vide qui venait de recevoir ce mince gage nutritif et qui l'avait attaqué de tous ses sucs, commençait à enfler de peu seyante façon. Mamie pouvait encore enfiler sa robe, mais son apparence était celle de l'ailier d'une équipe de foot-ball qui cherche à cacher le ballon sous son maillot. Prise de panique, elle s'examina dans une glace à trois faces. Bien sûr, elle pouvait encore aller à la soirée, mais quelle femme voudrait se présenter à la somptueuse réception de Cornell Crane III sous l'apparence d'un cou d'autruche avec une pomme prise à mi-chemin?

Et, brusquement, elle fut la proie d'une rage si formidable à l'idée d'avoir été entourloupée, qu'elle redescendit, toute vacillante et trébuchante, à la cuisine et avala un pilon de dinde et une assiettée de farce, avant de se rendre compte qu'elle portait toujours son fourreau de satin noir, taille 40. Elle l'arracha avec colère, et il était temps — déjà, les coutures craquaient. Mais elle ne pouvait plus s'arrêter de manger, car elle commençait à avoir mal au cœur et il lui fallait avaler de la nourriture pour tasser celle qu'elle avait déjà engloutie. Elle soupirait, suffoquait et haletait, tout en mangeant, quand, soudain, elle sentit ses glandes se libérer et le flux de nourriture jaillir, dans un élan semblable à l'orgasme. Elle eut tout juste le temps de gagner l'évier. Pendant un bon moment, elle resta là, accrochée à la cuvette, trop faible pour bouger, mais dès qu'elle eut retrouvé ses forces, elle se tapa un whisky à l'eau bien tassé, puis s'installa confortablement à la table, apaisée et satisfaite.

Quand Zeke revint de l'aéroport, elle était toujours à table, dans sa combinaison de nylon noir bordée de dentelle, l'estomac dilaté, les yeux vitreux, l'air gavé, un sourire béat frisant ses lèvres grasses.

— T'as pas pu résister, hein, petite? fit-il avec sympathie.

— J'ai pourtant essayé, papa... répondit-elle.

Il vit la carcasse de la dinde et eut un sourire entendu :

— T'es pas la première femme qui se soit fait posséder par un oiseau, déclara-t-il.

Et il s'en fut tout seul à la réception.

Comme vous voyez, Mamie n'en voulait à personne. L'affaire, en somme, pourrait se définir par : « Une femme du monde affamée aux prises avec une volaille rôtie de vingt livres. »

En fait, il n'y avait qu'une offense que Mamie ne pouvait jamais pardonner, et c'était le refus d'assister à ses soirées. Mamie pouvait tout pardonner sauf ça. Et il n'existait qu'une personne qui se fût rendue coupable de ce crime abominable de lèse-étiquette. Cette personne était Juanita Wright, la femme du célèbre leader noir, Wallace Wright. L'une des ambitions de Mamie était donc de se venger de Juanita. Quant à Zoé, Mamie lui donna son dû, puis se mit à rêver au jour où Zoé et Zeke viendraient lui rendre visite, ce qui lui permettrait d'attaquer Zeke encore un coup. Mamie Mason avait la foi. Si Mamie n'avait pas eu la foi, aurait-elle, à peine revenue à Harlem, recommencé son régime amaigrissant?

MAMIE MASON

MANHATTAN, U.S.A.
LE DON DE MAGIE

La foi de Mamie Mason brûlait d'une flamme si vive qu'elle illuminait parfois des régions aussi éloignées que Manhattan.

Ceux qui assistèrent à la chose, n'oublieront jamais cette soirée, au cours de laquelle la seule présence de trois Nègres descendus des quartiers excentriques, provoqua une cuite massive parmi des gens qui n'avaient eu, au départ, aucune intention de se cuiter, et parmi d'autres qui, étant donné les circonstances, n'avaient pas le droit de se cuiter. Et, tout cela, parce que Mamie avait la foi dans la puissance de la radio.

Elle croyait si profondément à son action miraculeuse, qu'elle avait, à la faveur d'un tendre tête-à-tête, obtenu de son très cher ami Paul Patterson, qui présentait la fameuse émission littéraire : « L'Auteur a son mot à dire », de faire passer sur les ondes deux écrivains noirs, Edward Schooley et H. Randal Pin. Cela ne l'empêcha pas, d'ailleurs, de donner rendez-vous pour le même soir à un autre monsieur blanc, lui aussi très célèbre — un personnage d'un certain âge et au cœur sensible, qui avait tout fait pour améliorer les relations entre les Noirs et les Blancs et qui, au déclin de sa vie, venait auprès de Mamie réchauffer ses os refroidis à son feu ardent. Et puis, ç'aurait été dommage en participant réellement à ces festivités littéraires de gâcher cette admirable occasion de passer toute une nuit dehors. Il n'en reste pas moins que Mamie croyait dur comme fer aux mérites de Schooley et de Pin, bénéficiaires de cette consécration.

Edward Schooley et H. Randal Pin étaient co-auteurs d'un livre sur la drogue et les drogués, intitulé *le Pays du rêve* et qui, en fait, était l'œuvre d'un groupe de collaborateurs anonymes qui avaient réuni la documentation, sous le patronage du Bureau d'Entraide sociale. Le livre était sorti récemment aux Éditions Thomas Hightower et Fils. C'était donc un ouvrage Hightower, et Lou Reynolds était le directeur littéraire de la maison.

Pour stimuler ses poulains en vue de la bataille intellectuelle toute proche, Lou avait organisé un petit cocktail dans son appartement de la 50e Rue Est. Julius Mason était présent. Julius Mason, frère de John Mason, lui-même mari de Mamie Mason. Aussi Julius Mason avait-il parfaitement le droit d'être là, avec ou sans invitation.

Julius était arrivé en compagnie de son futur patron, Art Wills. Le fait qu'ils n'avaient pas été invités ne les gênait pas le moins du monde. D'autant moins qu'ils avaient absorbé quelques martini-dry avant de monter.

Julius était journaliste, et journaliste marié, ce qui plus est, mais pour le moment il avait laissé sa femme en rade à San Francisco, en attendant que les circonstances lui permettent de la faire venir. Pendant les dix dernières années, il avait été le correspondant de la Côte Ouest pour un hebdo noir de la Côte Est, et touchait un salaire en conséquence, insuffisant, toutefois, pour faire vivre deux personnes. Il était venu à New York pour travailler à l'information dans un magazine illustré noir, qui devait paraître dans un mois.

Art Wills, directeur littéraire d'une maison d'édition concurrente, avait été le farouche rival de Lou Reynolds sur le plan professionnel. Néanmoins, il devait démissionner de la maison d'éditions pour devenir rédacteur en chef de l'illustré noir, dès que seraient réunis les fonds nécessaires à la publication dudit journal (et à condition qu'ils le soient jamais), ou du moins, dès que les fonds seraient suffisants pour lui payer son salaire.

Au cours d'un tendre tête-à-tête, Mamie avait persuadé Art d'engager Julius comme reporter-vedette. La vie, en effet, avait enseigné une chose à Mamie : quand on demande un service à un bonhomme, il ne faut jamais le faire à froid, il faut d'abord chauffer le sollicité. Bien entendu, Art ne demandait qu'à faire plaisir à Mamie. Du moment que ce n'était pas son fric. Pour tout dire, de fric, il n'y en avait pas.

Il est certain que ces démarches de Mamie n'avaient nullement été inspirées par le désir de voir sa photo publiée tous les mois dans le magazine en question. Mais non ! Elle cherchait tout simplement à faire une fleur à son beau-frère.

Et, fort de toutes ces promesses échangées, Art tapa à à la porte de Lou avec une assurance tranquille.

Lou ouvrit et lui jeta un regard torve :

— Qui vous a invité?

Par le télégraphe occulte, Art avait appris que Schooley distribuait des invitations pour le cocktail de Lou avec une générosité exemplaire, aussi jugea-t-il plus simple de répondre :

— Eddy Schooley. Il ne vous l'a pas dit?

— Ah ! oui ! Encore des invités de Schooley ! Un comble !

Julius n'était pas très sûr d'avoir entendu « un comble » ou « un c... » mais, comme Art était beaucoup plus costaud que Lou, Julius réussit à pénétrer dans l'appartement sans encombre, avec un air de dire : « Que les deux Blancs s'arrangent entre eux ! »

— Qui c'est, celui-là? demanda Lou.

— Un écrivain, lui aussi...

— Miséricorde! Encore un! Mais qui va ramasser le coton, à ce train-là?

Art gloussa :

— Vous et moi!

Julius, cependant, avait dégotté le plateau de cocktails et cherchait quelqu'un avec qui trinquer. Il aperçut un vieux Nègre aux cheveux en broussaille, qui conversait avec une Blanche du type intellectuel, et fonça vers eux, tout en se demandant si le personnage était Schooley ou Pin. Comme il ne connaissait ni l'un ni l'autre, il opta au hasard pour Schooley, car, en fait de prénom, Eddy lui plaisait mieux que Randy. Étant le moins chanceux des joueurs, il avait deviné de travers. Le personnage s'appelait Pin. Schooley, pour tout dire, n'était pas encore arrivé; seuls ses invités étaient présents. Évidemment, l'inquiétude de Lou ne cessait de croître à mesure qu'approchait l'heure de l'ém ssion. Mais Pin était tout prêt à assumer ses responsabilités et à se débrouiller sans son confrère. Pin avait la foi. Une seule chose l'ennuyait : Julius s'obstinait à l'appeler Eddy. Julius, quant à lui, voulait seulement le féliciter d'avoir écrit un si beau livre sur la psych:atrie. Aussi, quand il demanda à Pin : « Vous êtes, j'en suis sûr, un psychopathe gradué, Eddy? » croyait-il interroger Schooley sur ses grades universitaires et ses connaissances psychiatriques. C'est les martinis qui l'avaient fait trébucher sur les mots.

— Au millimètre! répondit Pin avec colère.

— Voyons, je suis sûr que vous avez fait des études très poussées sur la psylachanose... je veux dire, sur la psychanalyse, dans l'une des grandes écoles. Vot' livre est drôlement autoritaire. J'ai même l'idée que vous l'avez fait tout seul, ce bouquin, en grande partie! Au fond, Pin, il n'a eu qu'un boulot de gratte-papier...

Comme de bien entendu, Pin ne fut pas content du tout.

— Pin a largement fait sa part, nom de nom! grinça-t-il.

— Ah! bon... Dites-moi, Eddy, vous et Pin, vous êtes allés à l'école ensemble?

Malheureusement, ce jour-là, le brave Schooley s'était lancé prématurément dans la mêlée, et les Blancs qui l'entouraient en furent si effrayés qu'ils mirent subrepticement dans son verre quelques gouttes « knock-out » dont la propriété est d'étendre le consommateur pour le compte. En tout cas, Schooley était convaincu d'avoir été victime d'une mauvaise drogue. Mais il savait aussi que Pin ne lâcherait pas la barre. Ne portait-il pas le nom d'un arbre particulièrement vigoureux? Pin allait donc livrer le bon combat, pendant que lui, Schooley, se laissait déborder par l'ennemi.

Pin, cependant, qui s'était abandonné à la colère en s'entendant appeler « Eddy » par Julius, n'aurait jamais songé que cet accès de mauvaise humeur allait provoquer un docte débat sur le problème noir et détourner ainsi ses pensées du problème de la drogue qui, pourtant, était à l'ordre du jour.

— La colère de l'homme noir est nécessaire! fit une personne de race blanche avec véhémence. Quand on pense à ce qu'on lui fait subir!

— Ça ne servirait à rien, objecta un autre Blanc. Il faut avoir la tête froide pour résoudre le problème.

— Voilà trop longtemps que vous êtes froid, dit une dame congestionnée à Julius, d'une voix si chargée de sous-entendus que Julius y vit une allusion personnelle.

— Mais je ne suis pas froid, moi... protesta-t-il en toute sincérité.

Le cri irrité de Lou apaisa le vacarme.

— Vingt dieux! Encore un! Bientôt il n'y aura plus personne à la Bowery (1)!

Grâce à Schooley, l'appartement était déjà plein à craquer, mais de nouveaux invités arrivaient sans cesse. Il était d'ailleurs temps d'aller au Studio, mais Schooley lui-même n'était pas encore apparu. Ses amis, évidemment, ne tenaient pas à partir sans lui, d'autant moins qu'il restait encore des cocktails. Mais Lou n'était pas disposé, quant à lui, à laisser son appartement à tous ces gens qui lui étaient totalement inconnus. En désespoir de cause, il annonça qu'il n'y avait plus rien à boire. Là-dessus, tout le monde s'en alla sans se faire prier.

Mais Schooley avait également invité ses amis au studio tout proche. Ils s'en furent donc le long du trottoir en un cortège désordonné, Lou et Pin ouvrant la marche.

Les passants, ayant perçu les effluves tentateurs qui émanaient du groupe et s'imaginant qu'ils se rendaient à quelque vernissage avec distribution gratuite de cocktails, se joignirent à la procession et furent agréablement surpris de se voir offrir des fauteuils réservés, dans un grand studio de la radio. Malheureusement, seuls les deux premiers rangs avaient été retenus et il fallut débarrasser deux rangées supplémentaires. Les ouvreurs, pris de soupçons, commencèrent à demander aux derniers arrivants qui les avait invités. Ils découvrirent que la plupart ne pouvaient que répondre : « Moi aussi. »

Sur la scène, il y avait une table et cinq chaises. La table était vaste et chaque place dotée d'un micro, d'un cendrier, d'un crayon, d'un bloc et d'un verre d'eau. Ce décor évoquait en tous points celui d'une commission d'enquête du Congrès. Les deux inculpés, soupçonnés d'activités subversives, étaient assis face au public, exposés à

(1) Bowery : quartier des clochards.

sa réprobation. Le président de la commission d'enquête occupait un fauteuil, au bout de la table, sur la droite; face à lui, à l'autre bout de la table, se tenait le magistrat instructeur. L'avocat de la défense tournait le dos au public, afin que ses expressions et ses gestes soient perdus pour l'assistance, de même que ses arguments.

Accompagné par Lou, Pin monta sur l'estrade du pas du condamné gravissant l'échafaud. Le président de la commission leva la tête... non, non... je voulais dire le maître des cérémonies. Je me suis laissé emporter par mon enthousiasme patriotique, et j'ai oublié que, malgré tant de ressemblance, ce n'était pas là une séance de la commission d'enquête. En fait, il s'agissait d'une émission de radio, intitulée : « L'auteur a son mot à dire ! » C'était l'animateur, Paul Patterson, qui occupait l'extrémité de la table — homme aimable et indulgent s'il en fut, qui jamais ne condamnait un auteur pour le crime de lèse-intelligence, du moment que lui, Paul Patterson, continuait à toucher ses mille dollars hebdomadaires. Face à lui avait pris place l'invité de l'émission, S. P. Biles, critique littéraire du quotidien du matin très conservateur *Perspectives*. Quant à « l'expert », il tournait le dos à l'auditoire. C'était en effet un drogué repenti, membre de la Ligue anti-stupéfiants, et que l'on désignait sous le nom de M. X. Les deux sièges, face à la salle, avaient été prévus pour MM. Schooley et Pin, co-auteurs de l'ouvrage *le Pays du rêve*, qui allait être discuté. Mais M. Schooley n'avait toujours pas donné signe de vie. Fort heureusement, l'émission n'était pas encore commencée.

— Où donc est M. Schooley? demanda Patterson au directeur littéraire et à l'auteur qui s'approchaient.

En silence, et comme à contrecœur, Pin prit place. Quant à Lou, il offrit une excellente imitation d'un dyspepsique buvant de l'huile de ricin.

— Pas encore arrivé, dit-il.

— C'est ce que je vois.

— Son ami a téléphoné pour dire qu'il souffrait de fortes nausées.

— Ha ! railla M. Biles. Il a essayé de lire son propre bouquin, sans doute...

— Il peut encore venir, fit Lou, conciliant.

— Si j'étais à sa place, je n'en ferais rien ! déclara M. Biles.

Patterson consulta sa montre et dit avec un sourire :

— Nous n'avons qu'à commencer avec M. Pin.

Une lumière rouge s'alluma et l'un des ouvreurs s'avança au bord de la scène avec un écriteau, portant les mots : *Silence. L'émission commence.*

Il y eut un soudain remous et l'on vit Schooley escalader les marches, traverser la scène en titubant et se laisser tomber lourdement dans le fauteuil vacant, à côté de son co-auteur pétrifié. Schooley fixait son regard vitreux sur la salle obscure et souriait avec bienveillance à ses voisins.

Au milieu du premier rang, Julius Mason éclata en applaudissements enthousiastes, déclenchant dans la salle une délirante ovation, à croire que saint Pierre était descendu du ciel avec ses clés d'or. En conséquence, l'introduction prononcée par Patterson fut perdue pour tout le monde.

La première phrase compréhensible, après ce chahut, fut celle que M. Biles adressa à Schooley :

— Puis-je vous demander quelles sont vos sources de renseignement, ou plutôt vos références, pour ce... euh... cet ouvrage?

Schooley eut un sourire sévère, comme si répondre à cette question était au-dessous de sa dignité, et se tourna vers son collaborateur.

— A toi de faire, Pin.

Pin fit.

M. Biles semblait accablé d'ennui. M. Patterson souriait avec intérêt et comme perdu dans des méditations lointaines. Parfois, l'expert, M. X., intervenait :

— Du temps où je portais ma guenon sur le dos...

Mais personne ne lui prêtait d'attention et l'on ne sut jamais ce qui lui était arrivé au temps où il portait sa guenon sur le dos.

Quand Pin eut fini son exposé, Patterson se tourna vers M. Biles :

— Êtes-vous satisfait? demanda-t-il.

M. Biles le toisa avec colère :

— Satisfait? Je ne carbure pas à la cocaïne et à la morphine, moi!

M. X., le drogué repenti, éclata d'un rire énorme. Quand enfin il se calma, M. Biles demanda à M. Schooley :

— Maintenant que M. Pin nous a précisé à quelles sources vous avez puisé vos informations pour l'élaboration de cet ouvrage, puis-je vous demander pourquoi vous avez pris la peine de l'écrire?

Schooley essaya désespérément de fixer son regard sur M. Biles, mais, ayant échoué, il se tourna vers son collaborateur.

— A toi de faire, Pin.

Pin fit.

— Un écrivain, tous les écrivains...

— ... autant qu'ils sont, intervint M. Biles.

— ... un écrivain donc, poursuivit Pin, recueille les informations qui se présentent à lui et les transpose en langage littéraire, au mieux de ses capacités.

— Vas-y, Eddy! Fonce! gueula Julius de son fauteuil, en battant des mains avec une loyauté explosive.

Au nom d'Eddy, tous les amis, invités par Schooley, se joignirent aux encouragements de Julius et le reste de la salle se sentit dans l'obligation de faire chorus, l'époque où nous vivons étant une époque conformiste. Et c'est ainsi que Schooley fut applaudi longuement, vigoureusement, avec frénésie, pour les paroles prononcées par Pin, et, dès la fin de l'émission, une horde d'admirateurs envahit la scène et assaillit Schooley en poussant des vivats. Schooley fut si touché par cette ovation qu'il invita tout le monde à la petite réception que Lou avait pensé offrir en l'honneur de Schooley et de Pin au Café Society, quartier nord.

Peu après, la troupe rigolarde, considérablement grossie grâce à la somptueuse invitation de Schooley, s'engouffra joyeusement sous les somptueux lambris de ce luxueux cabaret de la périphérie. La direction n'était pas préparée à recevoir une si nombreuse compagnie. Il fallut un certain temps pour rajouter des tables.

Pendant cet intermède, Lou Reynolds disparut.

M. Biles se hâta vers le bar, comme un voyageur assoiffé vers l'oasis, avec sur ses talons Schooley et Pin, tels les noirs anges de la vengeance. M. Biles commanda un whisky sec et invita Schooley et Pin à faire de même. Le barman arriva avec la bouteille et emplit trois verres. Un inconnu à côté de M. Biles tapa sur le bar et le barman emplit un verre de plus. Puis un autre tapa, et il versa... quand, soudain, M. Biles leva les yeux, ahuri.

— Attendez une minute! Vous en avez servi combien?

— Huit, Monsieur, répondit le barman fort poliment.

M. Biles jeta un billet de dix dollars sur le bar, l'air tout à fait écœuré, mais, voyant que le barman ne lui rendait pas la monnaie, il dut pêcher dans sa poche le dollar supplémentaire de pourboire.

Julius se tenait vers le milieu du bar et le barman ne parvint pas jusqu'à lui. Il regarda avec nostalgie les bouteilles alignées sur les étagères, en songeant aux quinze *cents* qu'il avait en poche. Une personne de race blanche, élégante et boulotte, s'approcha et lui sourit aimablement.

— Je tiens à vous féliciter pour votre très beau livre, s'écria-t-elle.

— Quel livre?

Gênée, elle rougit. Elle ne voulait pas mettre ses lunettes, de peur de le vexer, mais elle était si myope qu'il lui aurait été impossible de reconnaître un Nègre entre quinze millions d'autres Nègres, dans la lumière diffuse du cabaret.

— Oh! excusez-moi! J'avais cru que vous étiez l'un des auteurs.

— Non, je ne suis qu'un simple journaliste qui travaille dur pour gagner sa vie.

— Moi, je ne suis qu'une simple directrice littéraire, répliqua la dame, qui travaille dur pour gagner sa vie. (Son regard se posa incidemment sur le barman qui s'était attardé à proximité.) Je travaille dans la même maison que Lou... Vous connaissez Lou Reynolds, celui qui a édité le livre de ces petits... euh... de ces deux auteurs...

— Oh! oui, j'ai été à son cocktail.

Il espérait qu'elle lui paierait à boire, mais, à chaque instant, son propre manque de savoir-vivre devenait plus flagrant. Force lui fut donc de commander des consommations. Ils bavardèrent agréablement de cet excellent ouvrage, tout en faisant honneur à trois scotches. Julius souriait crânement, comme un homme qui n'a pas un souci en tête, et non comme un pauvre bougre qui n'a pas un rond en poche.

A l'autre bout du bar, M. Biles disait :

— Puis-je vous demander où vous avez pêché le titre de votre livre?

— Quoi? *Le Pays du rêve?* fit Schooley.

— On dirait l'enseigne d'un dancing, à Harlem! jeta M. Biles.

Schooley éclata d'un rire quasi hystérique. Dans l'étrange silence qui suivit, on entendit distinctement une femme déclarer :

— J'ai entendu dire que les Noirs américains se considèrent supérieurs aux Chinois.

Lou Reynolds réapparut et rejoignit immédiatement sa consœur qui conversait au bar avec Julius. Lou était légèrement essoufflé, comme s'il avait couru.

— Où étiez-vous passé? demanda la directrice littéraire.

— A la gare du Grand Central, répondit Lou.

— Ah? J'avais cru, moi, que vous étiez allé chercher de l'argent.

— Oui, j'en ai pris. Je suis passé chez moi aussi.

— Mais qu'est-ce que vous avez fait au Grand Central?

— J'ai pris un billet pour Chicago, à l'intention de Schooley.

Elle éclata de rire, mais se retourna pour voir si Julius l'avait entendue.

Mais Julius avait profité de l'occasion pour filer au premier, où se trouvaient les toilettes des hommes et où il dépensa dix *cents* sur les quinze qui lui restaient pour s'enfermer dans une cabine payante.

Entre-temps, la direction avait réussi à placer six longues tables bout à bout, au milieu de la grande salle, et Art criait :

— Allez, viens, Julius! On s'installe!

Des bouteilles couplées — whisky écossais, whisky canadien — s'alignaient, à brefs intervalles, au milieu de la table aux pieds multiples, flanquées de coupes pleines de glaçons et de bouteilles de *ginger ale* et de soda. Schooley et Pin occupaient les places d'honneur à la tête de la table.

Ils étaient encadrés par Lou Reynolds, qui semblait avoir atteint le stade critique d'une maladie incurable et par M. Biles, qui semblait avoir avalé de travers une arête de poisson.

Julius et Art faisaient face à deux bouteilles de whisky — Julius à la canadienne et Art à l'écossaise.

Les sièges avaient été pris rapidement et tout le monde commanda des sandwiches au steak. Les invités se mirent à faire connaissance. L'orchestre jouait de la musique de danse et quelques convives se levèrent pour danser.

Julius dansa avec une jeune personne aux longues jambes, vêtue de rouge ardent.

— J'aime les Noirs, déclara-t-elle.

Julius resserra son étreinte.

— Qu'est-ce que vous aimez le plus, chez nous?

— J'aime bien votre peau! Elle est si jolie — brune et chaude, comme un rôti bien saisi.

Le mot « rôti » réveilla l'appétit de Julius qui commanda un deuxième sandwich au steak. A la prochaine danse, il invita une blonde un peu mûre et boulotte.

— Vous avez été extraordinaire! fit-elle d'un ton extasié.

— Vous croyez? fit-il, ahuri.

Elle eut un petit gloussement intimidé.

— Vous êtes si spirituel!

— Vous croyez?

— Vous êtes qui? Eddy ou Randy?

— Moi, je suis Julius.

— Je vais vous appeler Jules, déclara-t-elle. Vous savez, Jules, avec l'histoire de ma vie on pourrait faire un livre merveilleux.

La musique s'arrêta.

Art empoigna Julius par le bras et l'entraîna à travers la piste de danse, puis le long de l'étroit passage peu éclairé, qui suivait le mur, jusqu'au fond de la salle.

— Ils sont en train de faire la quête, chuchota-t-il.

— Sans blague? Tirons-nous en vitesse! Il me reste cinq *cents!*

— Ça va pas. La sortie est gardée. On va monter aux gogs.

Discutant avec une animation fiévreuse, comme deux musiciens be-bop qui vont se planquer pour fumer une sèche de marijuana, ils montèrent aux toilettes. Et, comme l'endroit était désert, ils s'accroupirent derrière la balustrade qui dominait la grande salle et observèrent les hôtes inconviés, autour de la table de banquet, qui fouillaient fébrilement leurs poches.

Brusquement, des lampes puissantes s'allumèrent, sans doute pour faciliter la collecte, et les deux déserteurs purent lire le désarroi sur le visage de leurs ci-devant compagnons. Ça leur fit chaud au cœur.

L'addition se montait à cinq cent quarante dollars. Lou n'en avait que cent quatre-vingts et il avait compté n'en dépenser que la moitié. Il annonça à la direction qu'il n'avait rien à voir avec tous ces gens-là, et que, d'ailleurs, il n'avait retenu qu'une table pour six.

Les invités se rebiffèrent, expliquant qu'ils étaient conviés par M. Schooley. Ceux qui n'avaient pas bien saisi le nom, l'appelaient M. Fooley. Lou déclara qu'en ce cas ils n'avaient qu'à s'arranger avec M. Schooley ou M. Fooley, à leur choix.

M. Schooley se leva alors, avec un bon sourire, et retourna ses poches comme pour dire : « Ça ne vous avancera guère! »

Certains des invités durent payer pour d'autres qui n'avaient pas la somme nécessaire. Certains signèrent des chèques. Des reconnaissances de dette furent exigées, et rédigées à contrecœur. Des pièces d'identité furent vérifiées. Des noms et des adresses furent échangés dans l'angoisse. Des querelles éclatèrent, mais personne n'en vint aux mains. Et même, quand l'addition fut réglée, de confuses combinaisons financières se discutaient encore.

Pin semblait gêné. Lou avait la tête d'un juge austère sur le point de prononcer une sentence sévère, mais juste. Schooley, lui, on ne sait trop comment, évoquait un saint patron. Quant à M. Biles, il ne parvenait pas à cacher complètement son allégresse — celle d'un homme qui a eu raison sur toute la ligne.

Et tout cela pour illustrer les effets inattendus que peut provoquer la foi.

HARLEM, U.S.A.
UN CARRÉ A CINQ CÔTÉS

(*Note de l'auteur* : Un carré, aux États-Unis, est une expression populaire qui signifie : une pomme, un bas du plafond, un carafon, une huître, une tranche de céleri — autrement dit, un jobard, un ballot, un nigaud, un cave ou un imbécile. Aussi, un carré assez carré pour avoir un côté supplémentaire ne peut-il être que le roi des carrés.)

Caché derrière la balustrade du premier étage, Julius repéra un médecin noir, grand ami de Mamie, qui occupait une petite table avec deux capiteuses créatures à peau brune. Julius avait rencontré le docteur et Mme Steele chez Mamie, la semaine précédente, et il put constater que les deux personnes qui tenaient compagnie au docteur Steele ne ressemblaient ni de près ni de loin à Mme Steele.

Pour tout dire, Julius avait fait très ample connaissance

avec Dora Steele l'avant-veille au soir, après qu'elle eut pris part, chez Mamie, à la réunion de *la Société des Mondaines du monde de Harlème* (1). Il était tard et, comme les Steele vivaient à Brooklyn, Mamie avait dit à Julius d'accompagner Dora jusqu'à la station du métro. Arrivés au kiosque, devant la station Dora avait proposé à Julius de boire le coup de l'étrier au bar de l'Homme Gras qui était, par un heureux hasard, situé près du kiosque en question. Julius insista pour payer la deuxième tournée et, comme de bien entendu, une troisième tournée fut commandée. Et voilà subitement Dora qui se rappelle avoir presque oublié qu'une amie l'attendait et que l'appartement de l'amie en question était juste en face. Tout ça, à cause d'un chapeau. Cette fille, en effet, était en train de faire un chapeau pour Dora. Mais ce chapeau n'était pas terminé, bien que la fille y eût travaillé depuis pas mal de temps — en fait, depuis que Dora avait pris l'habitude de monter chez elle avec des amis toujours nouveaux et toujours du sexe masculin. Aussi, pendant que Julius et Dora sirotaient leur deuxième whisky à l'eau, en attendant apparemment que le chapeau fût terminé, la fille se souvint-elle subitement qu'elle n'avait plus de fil. Force lui fut donc de se précipiter, coudes au corps, au Grand Bazar pour en acheter. Si elle mit tant de temps pour faire cette emplette, c'est très certainement parce que tous les bazars de Harlem étaient fermés à une heure du matin. Elle fut donc obligée d'aller emprunter du fil à des amis. Mais les amis n'avaient pas de fil non plus — du moins l'ami, facteur de son état, dont la femme était partie dans le sud rendre visite à de la famille. Ce facteur donc ne se servait pas de fil dans l'exercice de son métier.

(1) En français dans le texte.

Or, pendant que la jeune femme cherchait son fil, Julius et Dora découvraient à leur profond étonnement, que le divan, sur lequel ils avaient pris place, était en quelque sorte un lit. Et il était vraiment dommage de laisser ce lit inemployé, étant donné l'extrême fatigue de Dora. Avec un léger soupir, elle s'y allongea donc, afin de retrouver un peu de forces pour le pénible voyage jusqu'au lointain continent de Brooklyn. De toute évidence, son unique désir était de prendre du repos. D'ailleurs, elle n'avait pas ôté ses vêtements. Ce n'est pas, expliqua-t-elle, qu'elle cherchât à affrioler Julius, mais son mari était impuissant et elle n'avait pas eu son dû depuis bien longtemps.

Julius, par conséquent, avait le sentiment d'être un peu l'ami de la famille, bien qu'il ne connût le docteur Steele qu'assez vaguement. Et il fut très surpris de voir cet impuissant jouer le cavalier servant auprès de deux jeunes personnes, dans une boîte de nuit. Il se dit que le docteur Steele serait heureux d'avoir un coup de main. Il le désigna donc à Art et lui proposa d'aller le voir à sa table, histoire de lui dire bonsoir.

Art avait, lui aussi, rencontré le docteur Steele, même s'il ne connaissait pas sa femme aussi bien que Julius. Ils quittèrent donc la loggia et pénétrèrent dans la salle, rasant les murs comme s'ils venaient d'arriver.

Julius tapa dans le dos du docteur Steele et lui secoua la main avec enthousiasme :

— Mais c'est le vieux Johnny ! Eh bien ! pour une surprise, c'est une surprise ! On est passé avec Art boire un coup sur le pouce, au bar, et c'est là que je vous ai aperçu...

Le docteur Steele eut un pâle sourire :

— J'ai pourtant cru vous voir à la réception, tous les deux...

— Quelle réception ?

— Là-bas... Il y a une grande ribouldingue en l'honneur de Schooley et de Pin.

— Ah ! c'est donc ça !

Il y avait une chaise libre à la table et Julius la prit.

— Va te chercher une chaise, Art.

Art fit mine d'hésiter, si bien que le docteur Steele finit par lui dire : « Salut, Art, prenez une chaise, voyons ! » Au point où ils en étaient, il n'avait plus le choix.

Art prit une chaise.

Un serveur apparut soudain et les nouveaux hôtes du docteur Steele commandèrent des scotches. Par égard pour les nouveaux arrivants, les deux jeunes femmes reprirent du rhum glacé. Le docteur Steele, lui, buvait du bourbon. Il vida vivement son verre et en commanda un double avec de la glace. Il s'était dit, sans aucun doute, que le vin étant tiré il ne lui restait plus qu'à le boire.

— Bonsoir, fit Julius à l'adresse de l'une des jeunes personnes.

— Bonsoir, répondit-elle.

Le docteur Steele fit les présentations :

— Voici Bebe, voici Fifi. Et voici Julius et Art.

— Bonsoir, Art, dit Fifi. Bonsoir, Julius.

Bebe fit écho. Julius fit écho. Art fit écho.

— Qu'est-ce que vous faites dans la vie? demanda Julius à Fifi.

Il avait dans l'idée que Fifi faisait office de doublure, car Bebe semblait donner plus d'attention au docteur Steele.

— Je suis artiste de théâtre.

Art jeta à Julius un coup d'œil appuyé, comme pour dire : « Cette question ! Comme si on pouvait être autre chose, quand on s'appelle Fifi ! »

Mais Julius était journaliste jusqu'au bout des ongles.

— Vous aussi? demanda-t-il à Bebe.

Elle eut un sourire lointain.

Julius ne se découragea pas pour si peu. Ces filles-là avaient un charme très voluptueux et exposaient aux regards des hectares de peau brune et lisse, depuis les épaules, jusqu'à la naissance des seins. D'autre part, il savait le docteur Steele impuissant. Il dansa donc avec Bebe. Fifi patienta un moment, puis demanda à Art : « Vous ne dansez pas? »

Art dansa donc avec Fifi.

Le docteur Steele, cependant, buvait son bourbon. Tout en dansant, Julius croisa la blonde boulotte qui, peu avant, avait été sa cavalière.

— Où êtes-vous passé? demanda-t-elle. Je vous cherchais!

Il tourna la tête pour lui répondre, mais Bebe ramena sa tête vers elle.

— Un lièvre à la fois, coco!

Il décida de refiler Bebe à Art et dansa la danse suivante avec Fifi. Art invita Bebe. Le docteur Steele commanda un autre bourbon glacé.

Les danseurs reprirent place autour de la table et se firent servir une tournée de scotch et de rhum.

— Vraiment, c'est pas drôle, ici, déclara Fifi.

— On s'en va? proposa Julius. Rien ne nous retient.

Ils finirent tous leurs verres et se levèrent. Julius aida Fifi à enfiler son manteau. Art en fit autant pour Bebe. Les jeunes personnes s'en allèrent vers la porte. Julius et Art ne purent faire mieux que de les accompagner. A quoi bon piétiner autour de la table et importuner le docteur Steele pendant qu'il réglait l'addition?

Quand, l'addition payée, le docteur Steele sortit à son tour sur le trottoir, ils l'attendaient tous dans un taxi.

— Par ici! cria Bebe par la portière.

Art et le docteur Steele occupaient les strapontins;

Julius avait pris place sur le siège arrière entre les deux filles. Fifi avait indiqué une adresse dans la 145ᵉ Rue au chauffeur, qui leur fit traverser Central Park.

Comme personne n'était bien bavard, Julius tapota la cuisse de Fifi :

— Vous vous êtes bien amusée?

— Oh! oui, je me suis bien amusée, mais la boîte est si triste, c'est pas comme le Café Society du centre.

— Moi aussi, j'aime mieux le Centre, déclara Bebe.

— On va y aller la prochaine fois, promit Julius.

— Quand ça?

— Bientôt.

— Moi, j'aime sortir tous les soirs, dit Bebe.

— Vous travaillez dans quel spectacle? demanda Julius pour changer de sujet.

— Pour l'instant, je me repose. Mais j'étais dans le « Rock Candy Babies »... Vous l'avez vu?

— Et comment! mentit Julius. Je me souviens de vous, maintenant!

— Tiens? Pourtant, quand j'ai rien sur moi, je ne suis pas du tout pareille!

— Moi non plus, dit Art.

Elle eut un petit rire gloussé.

Personne ne trouva rien à ajouter.

Le taxi s'arrêta devant l'immeuble sans ascenseur de la 145ᵉ Rue, non loin de l'avenue St. Nicholas. Ils attendirent sur le trottoir que le docteur Steele ait payé le taxi.

— Je vais vous souhaiter une bonne nuit, dit Art.

— Mais non! Montez donc! dit Fifi.

— Non, une autre fois... (Il échangea une poignée de main avec le docteur Steele.) Je vous revaudrai ça, murmura-t-il.

— C'est maintenant que ça se passe, insista Fifi. Allez, venez!

Elle lui prit le bras.

Ils montèrent un escalier étroit jusqu'au troisième et pénétrèrent dans un appartement d'aspect miteux. Julius entraîna Art au cabinet.

— Assieds-toi et bouge pas, mec! fit-il. C'est rien du tout. Si je te le dis, c'est que je le sais.

Quand ils revinrent dans la pièce de séjour, Bebe était en train de dire au docteur Steele : « Sois pas fâché, Jimmy. » Elle avait pris place sur ses genoux et lui dans un fauteuil.

— Ça va-t-y, Johnny? demanda Julius avec chaleur.

Pendant toute la soirée, tout le monde avait appelé le docteur Steele « Jimmy », mais Julius n'y avait pas prêté d'attention. Il était toujours convaincu que le nom du docteur était Johnny.

— Et vous, Julius, ça va? fit le docteur Steele.

— Ça boume, Johnny. Pour moi, ça va toujours bien!

Il s'aperçut qu'Art était assis près de Fifi sur le divan et s'installa de l'autre côté de Fifi.

— Et toi, ma jolie, ça va comme tu veux?

Art se leva.

— Va falloir que je me sauve.

— Tu ne vas pas partir maintenant! s'écria Julius.

— Si, faut que j'y aille...

— Si tu pars, je pars aussi, fit Julius, abattant son atout.

Il espérait que les filles protesteraient.

Mais personne ne dit mot.

Art gagna la porte :

— Je m'en vais! Bonsoir, tout le monde!

Le docteur Steele se leva à son tour.

— Moi aussi, je pars. Demain, j'ai une journée chargée.

— Si tout le monde s'en va, je crois que je vais en faire autant, prononça Julius.

Les filles n'eurent pas de réaction.

Les trois hommes sortirent ensemble et marchèrent jusqu'à la station de métro.

— Je vais prendre la ligne Nord, déclara Art, qui échangea des poignées de main avec Julius et le docteur Steele.

— Je vais essayer de trouver un taxi, dit le docteur Steele en tournant vers l'avenue St. Nicholas.

— A bientôt, les gars, dit Julius. Je vous dois une tournée, Johnny.

Il remonta vers l'est, le long de la 148e Rue. Il vivait au 409, Edgecombe Drive, chez Joe et Mamie, et c'était à cinq minutes de marche. Mais au lieu de s'arrêter au nº 409, il poursuivit son chemin, contournant le Drive, et gagna la 155e Rue. Là, il monta la côte et redescendit l'avenue St. Nicholas jusqu'à la 145e Rue. Quand il tourna l'angle, près du drugstore, il manqua d'emboutir Art, qui, à moitié caché dans un coin d'ombre, surveillait l'entrée de l'immeuble d'en face où habitaient les petites. Julius battit vivement en retraite, pour ne pas être vu, et se posta à l'angle d'une rue pour observer le manège d'Art.

Un taxi s'arrêta devant l'immeuble, le docteur Steele en sortit et monta vivement les marches du perron. Dès qu'il eut disparu, Art traversa la rue en toute hâte et gravit le perron à son tour.

Il ne restait plus à Julius qu'à traverser, lui aussi, pour relever le numéro de la maison. Il l'inscrivit soigneusement dans le minuscule agenda qui ne le quittait jamais. Au-dessus de l'adresse, il nota : Fifi et Bebe, 3e étage.

Et si vous ne voyez pas là une manifestation de la foi, je me demande ce qu'il vous faut.

HARLEM, U.S.A.
409, EDGECOMBE DRIVE

Edgecombe Drive s'amorce à la 145ᵉ Rue et suit le bord ouest de l'arête rocheuse qui forme la moitié supérieure de l'île de Manhattan. Quand Edgecombe Drive atteint le secteur plus populaire à hauteur de la 168ᵉ Rue, elle cesse d'exister.

Entre la 145ᵉ Rue et le pont de la 155ᵉ, il y a une côte abrupte qui dévale parmi la jungle rocheuse vers le quartier plat et misérable qui couvre l'extrémité nord de la vallée de la rivière Harlem. Au nord de la 155ᵉ Rue, le Drive décrit une courbe hardie pour contourner la falaise de Coogan, puis serpente mollement, toujours vers le nord, longeant le vieux Jumel Mansion, maintenant un musée, où, si nos souvenirs sont exacts, George Washington avait établi son quartier général.

Tout un côté du Drive est bordé par une rampe rocheuse qui domine la fuite lointaine des toits de Broadhurst Avenue, à perte de vue, et le terrain de polo, au nord. De ces hauteurs, on a aussi une vue parfaite sur le Bronx avec ses rues, ses maisons et le Yankee Stadium.

Les immeubles qui s'alignent sur le côté est du Drive sont très plaisants. Il y a des arbres, des rectangles de gazon et une rangée de bancs, le long des trottoirs. En été, il est bien agréable de s'asseoir à l'ombre et de regarder filer les rapides de New York Central, scintillants dans la lumière, au loin, de l'autre côté de la rivière.

Tout bien pesé, cette rue résidentielle semble offrir beaucoup plus d'agréments que Park Avenue et on se demande par quel miracle des Nègres ont pu s'y établir.

Les premiers qui s'y sont installés devaient être heureux et fiers, en voyant le soleil se lever sur Flushing Bay, à des kilomètres de là, et illuminer les fenêtres de leur pièce de séjour. Maintenant, la rue appartient aux Noirs et les joies de la nouveauté sont épuisées.

Bien que de nombreuses résidences, dans cette rue, aient un nom de fantaisie, on les connaît surtout par leur numéro. Les deux immeubles les plus hauts et les plus connus sont les n°s 409 et 555. Il est probable que lorsque pour la première fois des Noirs y ont emménagé, tous les clients à la loterie des numéros avaient joué ces numéros-là.

Le 409 est doté de deux ascenseurs, actionnés nuit et jour par d'habiles liftiers en uniforme. Le portier porte l'uniforme, lui aussi, ainsi qu'un personnage aux attributions mal définies, appelé valet de pied. On se demande bien quelle est, dans un immeuble résidentiel, la fonction d'un valet de pied, qui échapperait à la compétence du portier. A moins que ce ne soit le pied de grue. Enfin, c'est comme ça que ça marche — portier, valet de pied, liftier... — tous en uniforme, aux couleurs de la résidence. Les appartements ont des portes chinoises de couleur rouge et l'immeuble treize étages.

L'appartement des Mason était situé au 9e étage, en façade. Un couloir desservait l'entrée et la cuisine et aboutissait à la salle de séjour. Une fois la porte fermée, on ne pouvait pas se douter que la cuisine se trouvait là. Au delà de la salle de séjour, un petit couloir à angle droit menait à la salle de bains, flanquée des deux chambres à coucher. Les fenêtres de la cuisine, de la salle de séjour et de la plus petite des chambres à coucher donnaient sur une cour intérieure. La petite chambre était meublée d'un lit « trois quarts », avec un entassement de coussins, pour « faire divan », d'étagères artistiques qui pouvaient « faire » table et guéridon-porte-lampe, et d'un grand fauteuil de cuir rouge. Elle servait, dans l'acception moderne du mot, de bibliothèque, de boudoir et de chambre d'amis. C'est là que dormait Julius. La grande chambre à coucher, de l'autre côté du couloir, était en façade et ses deux grandes fenêtres s'ouvraient sur le Drive.

La vaste cuisine, qui servait aussi de salle à manger, était fonctionnelle en diable : une cloison à rayonnages, haute d'un mètre vingt, était coupée en son milieu pour permettre de circuler entre la cuisine proprement dite et la table de la salle à manger. C'était une fort belle table, large et longue, du style « table de jardin », en acajou naturel.

Mamie, Joe et Julius étaient installés à cette table pour le petit déjeuner. Mamie prenait un verre de jus de pamplemousse en boîte, non sucré, un café à la saccharine, éclairci d'un soupçon de lait condensé et écrémé, et deux tranches de pain grillé sans beurre. Elle avait repris son régime. Joe, comme d'habitude, buvait un café abondamment sucré, accompagné d'un œuf à la coque et de deux toasts beurrés. Quant à Julius, il avait fait honneur à six tranches de bacon légèrement poêlées, à trois œufs sur le plat et à toute une pile de toasts dûment trempés et dégoulinants de beurre. Il en était maintenant au café.

Joe portait une robe de chambre en flanelle bleue sur un pyjama à rayures. C'était un personnage de forte carrure, de taille moyenne, avec une tête en forme d'œuf et un type arabe. Il avait le teint d'un noir absolu et son crâne d'œuf était rasé de si près qu'il avait le poli d'une bille de billard. Quand il souriait, ses dents blanches étincelaient sur fond de nuit, comme des signaux lumineux.

Mamie et Julius avaient encore sur le dos les vêtements qu'ils avaient portés cette nuit-là. Ils venaient de rentrer.

En fait, ils s'étaient tamponnés dans le vestibule et étaient arrivés ensemble à la porte de l'appartement.

Joe, malicieusement, taquinait son jeune frère, rentré à l'aube en compagnie de sa belle-sœur.

— Ça ne va pas, Jules, t'es en panne d'essence, ou quoi?

— Non... heu... elles étaient toutes en main...

— C'est donc que t'es en panne de connaissance?

— Joe! Tu n'as pas honte de parler ainsi à Julius?

— Jules en a entendu bien d'autres. C'est un oiseau matinal, Julius.

— Julius va être tout gêné! protesta Mamie.

Dès qu'elle avait vu Julius entrer dans le vestibule en traînant la jambe, elle avait compris que l'oiseau matinal n'avait pas attrapé de ver.

— J'aurais cru, moi, que Schooley lui aurait rabattu du gibier, à Jules. A Chicago, on appelle Schooley la Pompe à Incendie.

Mamie éclata de rire. Elle était de ces femmes qui savent rire de cent façons différentes et personne ne pouvait deviner si oui ou non elle était amusée. Cette fois, ce fut un rire entendu.

— Eddy Schooley était trop occupé à laïuser pour éteindre des feux! dit-elle.

Le sourire de Joe étincela.

— Il s'est contenté de les allumer, hein?

Julius coula un regard vers Mamie. Il ne savait jamais ce qu'elle avait dans le crâne. Il voulut expliquer que, dans l'état où se trouvait Schooley, il aurait été bien incapable d'éteindre ou d'allumer quoi que ce soit, quand Mamie lui adressa son grand sourire complice.

— Ou de vérifier son matériel, dit-il alors, à tout hasard.

Cette fois, Mamie eut un petit rire secret. Julius lui jeta

un autre coup d'œil, mais elle avait l'air parfaitement innocent et parfaitement à l'aise. Il en conclut qu'elle devait comprendre de quoi il était question. Il ne pouvait pas en dire autant.

Joe émit un gloussement amusé.

— Comment ça s'est passé? Ils se sont tapé de la neige et des piquouses, pour démontrer les méfaits de la came?

— Tu sais, Eddy Schooley, il tire toujours la couverture à lui, dit Mamie. Pin, c'est son ombre.

— Oh! s'exclama Julius imprudemment.

Il était sur le point de demander : « Quoi? Tu y étais, à l'émission? Je ne t'ai pas vue! » Mais Mamie poursuivait avec beaucoup de naturel, comme si elle n'avait pas entendu ce : « Oh! ».

— Schooley n'a qu'un tort — il parle trop. Il n'a pas laissé Pin placer un mot. Lou l'avait pourtant mis en garde avant, et je te prie de croire qu'il était furieux!

— Qu'est-ce que t'en penses, du grand Schooley, Jules? demanda Joe. C'est la première fois que tu le voyais, hein?

— Non... je... Hum... il était pas mal... un peu... hum... bredouilla Julius.

— Julius m'a eu l'air très blasé, dit Mamie avec un sourire indulgent pour son beau-frère. Ensuite, on est allés en petit groupe au Café Society quartier Nord et on est encore retournés chez Lou et on a liquidé le reste de ses cocktails.

Julius, enfin, commençait à voir un peu clair. Mamie, en somme, essayait de convaincre Joe qu'elle avait assisté aussi bien à l'émission qu'à la réception et que, jusqu'au matin, elle n'avait pas quitté Julius.

Chevaleresque, il s'élança à son aide :

— On y serait encore, chez Lou, s'il était resté de quoi boire. Mais Schooley éclusait à une vitesse...

Mamie lui coula son sourire complice et prit la relève :

— Petit frère Julius ne demandait qu'à picoler, mais Eddy Schooley l'a battu... d'un coude!

— C'est miracle que Schooley ne se soit pas blindé avant l'émission! remarqua Joe.

— C'est miracle! admit Mamie. Mais il était digne comme un juge. Tu sais, il peut être très brillant, Eddy Schooley, quand il le veut. A un moment, il s'est mis à expliquer ce que c'est que la désintoxication totale...

— Ils en ont pas mal discuté avant l'émission et puis après il y a eu les débats... intervint Julius, cherchant à éloigner Mamie des dangereux récifs.

Mais elle mentait avec une fougue si sensuelle qu'elle y prenait plaisir :

— Il a parlé d'une gosse de quinze ans qu'était droguée depuis l'âge de cinq ans. Son père lui filait des piqûres pour la faire tenir tranquille et, à dix ans, elle était déjà camée à zéro. Eddy Schooley a même dit...

— Comment t'as trouvé l'émission? demanda Julius à son frère, cherchant à parer au désastre. Tu l'as écoutée, Joe? N'est-ce pas?

Mamie éclata d'un rire nerveux :

— Mais non! Joe était à sa conférence. Mais ça t'aurait beaucoup plu, chéri, dit-elle à Joe avec tendresse.

— Eh bien! non, je suis resté à la maison, déclara Joe. La conférence a été annulée. J'ai téléphoné un peu avant huit heures, mais vous étiez sûrement déjà au cocktail, Julius et toi.

— Mon pauvre chéri! Et moi qui ne t'ai rien préparé pour dîner! T'as mangé dans le Centre?

— Non, j'ai trouvé des restes ici. J'avais envie d'écouter cette émission, alors je suis rentré directement.

Maintenant, le rire de Mamie avait quelque chose d'incohérent.

— Oh ! mon chéri... Tu sais, moi, les émissions... je suis incapable de... bredouillait-elle, l'air pas du tout rassuré. J'arrive jamais à comprendre ce qui se dit... Si j'avais su, je t'aurais téléphoné. Tu nous aurais retrouvés là-bas... Évidemment, j'étais coincée avec Vivien jusqu'à... mais Julius l'aurait fait...

— J'ai bien pensé y aller, au studio, mais, une fois mon whisky bu et mes chaussures enlevées...

— Oh ! mon chéri, quel gros paresseux ! (Elle lui plaqua un baiser sonore sur la joue.) Tu sais, quand on entend un truc à la radio, ça ne fait jamais le même effet... des fois, la moitié de ce que les gens disent... et quand quelqu'un explique quelque chose...

— Mais t'as quand même entendu l'exposé de Pin ? intervint Julius dans un dernier et loyal effort pour la sauver. Tu vois, pour moi, c'est pareil. J'avais confondu Schooley avec Pin, jusqu'au moment où... Et j'ai pas arrêté d'appeler Pin Schooley... Et ensuite...

Joe le regardait, ahuri.

— Quoi ? Ils ne l'ont pas annoncé ?

— Annoncé quoi ? firent Mamie et Julius d'une seule voix.

— Mais que l'émission n'est pas passée ! On a expliqué qu'elle était supprimée pour raisons techniques et on l'a remplacée par des Spirituals, chantés par la chorale Hall Johnson.

Mamie partit d'un rire hystérique :

— Oh ! papa... (Elle enlaça Joe en une étreinte de catcheur et lui donna un gros baiser mouillé.) Alors, comme ça, t'as sauté le dîner et l'émission et tout ! Eh bien ! je vais organiser une petite fête, moi, pour te dédommager !

— Au moins, je n'ai pas sauté une bonne nuit de sommeil, déclara Joe avec un sourire malicieux.

De toute évidence, Joe Mason avait la foi.

CHAPITRE II

Ce qui faisait la grandeur de Mamie Mason, c'est qu'elle spéculait sur la coïncidence. Et cette façon qu'elle avait de spéculer sur la coïncidence était inimitable, car Mamie Mason croyait en la coïncidence. Elle croyait que la vie tout entière depuis le sein de la mère jusqu'à la tombe n'était que coïncidence. Pour ce qui est du sein de la mère, elle ne pouvait mettre la coïncidence en doute, ce sein lui-même n'est, en fait, que coïncidence. Elle croyait donc à la coïncidence, comme le pilote croit à l'existence de l'air. Il ne le voit pas, mais il faut que l'air porte les vingt tonnes d'acier de son engin — donc il existe.

Toute la vie de Mamie Mason n'avait été qu'une série de coïncidences, l'une bousculant l'autre. Si elle ne s'était pas rendue en 1931 à la réception offerte par Mme Walker en l'honneur d'un ministre du Libéria, et si elle n'avait pas remarqué le regard dégoûté de Mme Walker, si elle n'avait pas entendu Mme Walker demander avec dédain : « Qui c'est, cette fille-là? Oui, la grosse... » elle ne serait pas devenue, vingt ans après, l'hôtesse la plus célèbre de Harlem. Mamie avait été frappée au cœur en entendant les mots « cette fille-là... la grosse... ». C'était déjà vache de la traiter de « grosse », même si elle l'était, plus vache encore de la désigner par « cette fille », mais le « là » de « cette fille-là » était une insulte supplémentaire et gratuite que Mamie ne pardonna jamais à Mme Walker. « Là »... Quel mépris peut se cacher dans ce petit adverbe apparemment innocent. « Là »... Qu'est-ce que c'est que ce chien-là? » « D'où sortent ces nègres-*là*? » « Non, ça c'est à moi, et ce truc-là, c'est à toi! » C'est ce mépris inutile de l'adverbe « là », ajouté à l'adjectif « grosse » qui projeta Mamie sur le chemin de la grandeur. Car si sa graisse n'avait pas été méprisable, elle n'aurait jamais eu besoin de jeûner. Et si elle n'avait pas jeûné, elle n'aurait jamais connu les interminables tortures de la faim. Et si elle n'avait pas connu ces interminables tortures, elle ne serait pas devenue aussi vindicative et misanthrope. Et si elle n'était pas devenue vindicative et misanthrope, elle n'aurait jamais dépensé tant d'argent, de temps et d'énergie, à organiser des réceptions, pour ramener les gens chez elle et les mettre à sa merci, afin de pouvoir les faire souffrir à leur tour. Tout cela se tient. Si sa graisse n'avait pas été méprisable, elle l'aurait cultivée, elle en aurait tiré vanité et serait devenue bonne épouse, bonne cuisinière, bonne couturière, aux petits soins pour son mari et, à son âge, elle aurait le physique de ces femmes dont les photos servent à illustrer quelque publicité pour pâte à crêpes préfabriquée, sauf que son teint aurait été plus clair. Et elle aurait laissé tous ses amis et connaissances vivre leur vie et assumer la responsabilité de leurs misères.

Elle avait été fiancée à Sam Banks. Le jour de la noce avait été fixé, les invitations envoyées. Il y eut une réception. Puis vint l'heure du mariage. L'église était bourrée. Le pasteur monta en chaire. Le fiancé se plaça devant l'autel. La marche nuptiale résonna. Mamie s'avança alors modestement le long de la travée, au bras de sa mère. Elle arriva devant l'autel et s'arrêta auprès de son fiancé, les yeux baissés ainsi qu'il sied à une vierge timide. Le pasteur récita les litanies d'usage. Les vieilles dames, au premier rang, soupirèrent avec une sympathie douloureuse. Et la question fatale fut posée :

— Acceptez-vous de prendre cette femme pour épouse..., etc., etc...?

— Oui.

— Acceptez-vous de prendre cet homme pour époux..., etc., etc...?

Elle avait levé timidement les yeux pour jeter un regard enamouré au doux et tendre visage de l'homme qui, dans un instant, allait devenir son époux, son compagnon de tous les jours, pour le meilleur et pour le pire... Mais, *bon sang de bonsoir!* l'homme qui se tenait près d'elle n'était pas le bon. Il ne ressemblait ni de près ni de loin à Sam Banks. Il s'appelait Joe Mason et il était saoul à mort. Mamie fut saisie de panique. Mais cela ne dura pas. Son réalisme admirable l'aida à surmonter l'épreuve. Après tout, un homme en valait bien un autre, et, peut-être, valait-il plus que l'autre. D'ailleurs, Mamie les avait connus tous les deux, depuis fort longtemps et de la même façon. De plus, il était trop tard pour se sauver. Elle baissa donc son regard et dit d'un ton grave :

— Oui.

Mais comment Joe s'était-il trouvé là, dans cette église, devant cet autel, à cette heure-là, portant le costume traditionnel du candidat au mariage? Comment? Eh bien! Joe était, en fait, fiancé à Eureka Banks, qui, entre parenthèses, n'avait aucun lien de parenté avec Sam Banks. La date de leur mariage avait été fixée, les invitations envoyées. La réception avait eu lieu. L'heure du mariage avait sonné. L'église s'était remplie. Le pasteur était monté en chaire. Et là devait s'arrêter la similitude entre les deux cérémonies. Car, à cette deuxième cérémonie, le fiancé ne se présenta jamais. Le fiancé, qui s'était cuité à zéro, avait fait son entrée à l'heure juste, mais dans une autre église.

Et qu'arriva-t-il à Sam Banks? Sam Banks aussi s'était cuité. Néanmoins, à l'encontre de Joe Mason, il était arrivé à la bonne église, mais pas à l'heure fixée. En fait, quand il arriva, le mariage était célébré, le temple vide et les jeunes époux partis en lune de miel.

Bon. Et qu'arriva-t-il à Eureka Banks? Elle attendit longtemps, elle téléphona chez Joe, elle fit l'impossible pour le joindre et, finalement, elle y renonça. Mais jamais elle ne pardonna à Joe de l'avoir laissée tomber. Et elle se fit un plaisir de répandre quelques très vilaines histoires sur l'enfance de Mamie à Pittsburg, Pennsylvanie. D'après l'une de ces histoires, le père de Mamie était un maquereau blanc et sa mère la bonne noire d'un bordel. D'après une autre version, Mamie était la fille d'un Noir, tricheur aux cartes professionnel, et d'une putain de race blanche, qui aurait abandonné son enfant aux soins de la bonne attachée à l'établissement, pour s'en aller à Youngstown.

Quant à Mamie, elle prétendait que son père était un Blanc très riche et très connu, qui avait passionnément aimé sa mère toute sa vie, mais qui était marié et père de famille. Savait-elle qui il était vraiment? Bien sûr, qu'elle le savait. Toute petite, elle avait l'habitude de s'asseoir sur ses genoux et de jouer avec sa grande barbe couleur de feu. Il vivait toujours, ils s'écrivaient régulièrement et elle allait le voir dès qu'elle en avait l'occasion. Mais elle tenait à ce que Joe l'ignorât. Elle ne lui avait jamais parlé de son père. Il pourrait se formaliser de sa naissance illégitime. Elle lui avait donc dit que son père était décédé.

En tout cas, le père de Mamie ne se montra jamais. Sa mère venait souvent voir Mamie et son teint sombre et brouillé laissait à penser que le père, qu'il fût de race blanche ou noire, devait avoir la peau très claire.

Mamie était une femme d'une beauté remarquable. Au repos, elle ressemblait aux maharanées des lithographies en couleurs. Elle avait les cheveux d'un noir aile-de-corbeau, légèrement bouclés, et les portait souvent partagés par une raie médiane et ramenés sur la nuque en chignon, dans le style dit espagnol. Et elle avait aussi d'immenses yeux brumeux, d'un marron trouble, ombrés d'une frange de cils noirs, incroyablement drus et longs. Il faut dire que jamais aucune Maharanée ne se serait permis de sourire aussi librement et de rire aussi bruyamment que Mamie.

Les Blancs s'émerveillaient de son admirable bonne humeur. Elle était d'ailleurs passionnément aimée par les Blancs, hommes et femmes. « Est-elle belle, cette Mamie ! s'exclamaient-ils. Est-elle charmante ! Mais trouvez-vous bien utile qu'elle suive ce régime sévère? Ça lui irait si bien d'être grosse ! » Comme de bien entendu, le souhait de voir Mamie prendre de l'embonpoint pour parfaire sa beauté était toujours formulé par les femmes.

JOE MASON

Joe était dans la politique. Il avait un bureau aux services de l'Assistance sociale, le titre de délégué à la commission de contrôle et le salaire correspondant. A l'Hôtel de Ville, il avait son coin préféré dans la salle des Pas-Perdus, qu'on appelait le « Coin Mason ». Il avait également un cabinet d'affaires, dans la 125e Rue, près de la

7e Avenue, composé d'une salle d'attente et d'un bureau. La porte d'entrée portait en lettres d'or ces mots : *Joseph Mason - Relations publiques*. La salle d'attente était pourvue d'une secrétaire à plein temps, nommée Kathy Carter et que Joe appelait son « assistante ». Joe passait le plus clair de son temps dans son bureau.

Mais il était surtout le conseiller pour les questions interraciales au Comité national de l'un des deux grands partis politiques. Peu importe lequel. Mamie prétendait que si elle donnait tant de réceptions, c'était uniquement par solidarité conjugale. Où, en effet, peut-on mieux se faire une opinion sur les relations interraciales qu'à une réunion interraciale, car, soutenait-elle, c'est là que les relations interraciales s'établissent le plus intimement. Les cyniques affirmaient, il est vrai, qu'au cours de ces réunions il y avait moins de consultations que de consommation. Mais ils négligeaient ce fait pourtant évident : on ne peut guère consommer sans consultation préalable.

A huit heures trente, Joe partit à son travail. A neuf heures moins dix, il pénétra dans son cabinet de la 125e Rue. A neuf heures quinze, Kathy Carter fit son entrée. A neuf heures seize, Joe passa la tête par la porte du bureau. A neuf heures dix-sept, Kathy releva sa jupe et baissa sa culotte. Vers neuf heures trente, ils en avaient terminé avec la formalité en question et se consacraient à d'autres occupations.

Kathy Carter n'allait pas faire de vieux os chez Joe Mason, mais elle ne le savait pas encore.

Joe Mason non plus.

MAMIE MASON

HARLEM, U.S.A.
AUDUBON 3

A deux heures trente, ce jour-là, la faim réveilla Mamie Mason. Elle se précipita à la cuisine, avala une demi-bouteille de lait écrémé, goba six œufs crus, dévora une demi-livre de steak haché, également cru, et à moitié congelé, deux saucisses de bœuf et six tranches de jambon cuit, dont elle ôta le gras. Et, brusquement, elle eut mal au cœur. Elle but un bourbon sec bien tassé pour repousser toute cette nourriture, mais la nausée la reprenait sans cesse et elle n'eut que le temps de gagner les toilettes. Quand elle fut soulagée, elle s'offrit une grande cuillerée d'huile de paraffine et retourna à la cuisine, où elle mangea trois œufs durs, deux tranches de pain grillé sans beurre, une boîte de thon et un cœur de laitue. Cette fois, son estomac garda la nourriture. Elle se prépara un scotch à l'eau et l'emporta dans sa chambre. Puis elle repassa à la salle de bains et avala encore deux cuillerées de magnésie bismurée. Elle jeta un coup d'œil à Julius qui dormait dans son antre et ronflait sur deux octaves. Puis elle retourna dans sa chambre, se remit au lit et ouvrit un petit agenda noir où elle inscrivait les noms et les adresses des célébrités de passage.

La liste était rédigée ainsi :

O. W. G. – Waldorf.
C. V. S. – New Yorker.
B. B. B. et M. – *idem.*
E. S. E. N. 2 – 3443.
M. S. et B. – Theresa.
W. R. – appeler Fay.
Pin – aucun intérêt.

D'abord, elle téléphona à l'hôtel Waldorf Astoria et demanda le docteur Oliver Wendell Garrett. Le docteur Garrett était président de la Fondation Rothschild, à Philadelphie.

— Vous êtes seul? fit-elle en guise de salutation.

— Pas possible! Mamie chérie, c'est vous?

Elle comprit qu'il était seul.

— Je donne une petite sauterie ce soir, en l'honneur d'Eddy Schooley. Il a fait un livre qui vient d'être publié et...

— Schooley? Connais pas.

— ... il y aura plein de gens. Stetson Kissock, et Willard, et Wallace, et Lorenzo, et le docteur Stone, et Billings.

— Le vieux Billy? Il est donc là?

Mamie se demandait si elle arriverait jamais à emporter le morceau.

— Oui, avec Maiti. Ils sont descendus au New Yorker.

— Je ferai mon possible, ma très chère amie.

— Quand vous voulez, à partir de dix heures!

Ensuite, elle appela l'hôtel New Yorker et demanda le docteur Baldwin Billings Brown, psychologue noir bien connu. Elle lui déclara qu'elle donnait une réception en l'honneur du docteur Garrett. Le docteur Brown répondit qu'il viendrait avec joie.

Là-dessus, elle téléphona au docteur Carl Vincent Stone, président honoraire et président du comité directeur de la célèbre université noire, où professait le docteur Brown, et lui annonça qu'elle donnait une soirée en l'honneur du docteur Brown. Mais, comme le docteur Stone était descendu, lui aussi, au New Yorker Hotel, elle expliqua qu'elle en ménageait la surprise au docteur Brown et pria le docteur Stone de ne pas en parler à l'intéressé.

Puis, successivement, elle appela :

Le docteur Stetson Kissock, descendu au Commodore, et lui dit qu'elle donnait une réception en l'honneur du docteur Stone. Le docteur Kissock était président d'un comité du sud pour la Justice et la Liberté;

Milt Shirley, rédacteur en chef d'un hebdo noir, et sa femme Bessie, à l'Hotel Theresa, quartier Nord, et leur annonça qu'elle organisait une surprise-party pour Joe;

Will Robbins, scénariste, qu'elle joignit chez une certaine Fay Corson, où elle était sûre de le trouver. Elle lui expliqua qu'elle donnait une petite soirée en l'honneur de Panama Paul, l'acteur noir;

Lorenzo Llewellyn, un jeune auteur noir de quarante-neuf ans;

Jonah Johnson, correspondant étranger pour la presse noire;

Moe Miller, le célèbre reporter de New York, et Lou Reynolds, directeur littéraire, à qui elle précisa que la fête était donnée en l'honneur de Schooley;

Wallace Wright, président d'un organisme pour la défense des Noirs, à qui il fut annoncé que la réception était donnée en l'honneur d'Arthur Tucker, attaché à la présidence des États-Unis pour les questions noires. Mamie insista pour qu'il amène Juanita. Elle n'osait pas l'inviter tout seul, comme elle l'aurait souhaité, car Wallace était un très important personnage. Mais elle tourna sa phrase de façon qu'il puisse l'interpréter dans le bon sens.

— J'espère que vous n'aurez pas de communistes et de romanciers revendicateurs, Mamie.

— Mais non, on ne sera qu'une douzaine, cher ami, en comptant vous et Juanita... le docteur Stone et le docteur Garrett et le docteur Kissock et Billings Brown et, peut-être, Art Wills et peut-être Lou Reynolds aussi...

— C'est le directeur littéraire de Schooley, n'est-ce

pas? Vous n'avez pas invité cet imbécile de Schooley, j'espère?

Elle éclata de rire :

— Eddy Schooley est à Chicago à l'heure qu'il est!

William B. Overton, le grand président noir d'une importante organisation philanthropique, subventionnée par des fonds privés, fut informé que la réception était donnée en son honneur à lui. Mamie savait qu'il en serait enchanté et qu'il ne mettrait jamais la chose en doute.

Elle dit aux autres invités que la fête était offerte en l'honneur de Will Robbins, le prestigieux metteur en scène de Hollywood.

Enfin, elle appela Schooley et lui dit que Julius allait lui demander un interview et des photos pour le premier numéro du magazine illustré noir qui allait sortir bientôt.

— Vous n'avez qu'à faire un saut ce soir, vers les onze heures, minuit, Julius sera sûrement rentré et je vais avoir quelques amis qui seront ravis de vous voir.

Schooley lui dit qu'il n'y manquerait pas.

Ce fut à Joe qu'elle téléphona en dernier. Elle lui expliqua que quelques vieux copains allaient passer à la maison et cita les noms les plus prestigieux. Elle lui demanda aussi de joindre Arthur Tucker qui était justement à New York avec son directeur, Guy Lawrence, trésorier du comité directeur d'un grand parti, et d'obtenir qu'ils viennent aussi. Joe trouva l'idée excellente et promit de faire son possible.

Quand Joe rentra, elle le serra en une étreinte de catcheur, lui plaqua un gros baiser bien sonore sur le crâne et dit :

— Il faut vite te raser et t'habiller, papa! Je veux que tu sois beau, car j'ai organisé une grande surprise-party en ton honneur.

Il était déjà six heures et demie et Mamie n'eut que le

temps de se précipiter aux toilettes. Elle avait tenu autant que faire se peut.

HARLEM, U.S.A.
UNE RÉCEPTION DE MAMIE MASON

La plupart des invités, on ne sait trop pourquoi, étaient convaincus que la réception était donnée en leur honneur, d'où le succès de la fête.

Mamie accueillit la plupart de ses amis avec une telle effusion que leur impression devint certitude.

Mais quelques-uns furent reçus froidement, à croire que Mamie regrettait de leur avoir fait signe. Et il y eut une dame, une Mme le docteur Henrietta Walters, qu'elle ne salua pas du tout. Non seulement elle ne la salua pas, mais elle s'en fut chuchoter à l'oreille des uns et des autres : « Qu'est-ce qu'elle fiche ici? Qui l'a invitée? » Elle avait passé quinze minutes au téléphone à cajoler Mme le docteur Walters et à la persuader de venir, pour le seul plaisir de dire : « Qu'est-ce qu'elle fait chez moi, celle-là? Je ne la connais même pas! »

Mme le docteur Walters avait dit un jour, dans un moment de mauvaise humeur : « Mamie Mason? Jamais je ne mettrai les pieds chez cette femme! » Alors Mamie démontrait au monde entier que Mme le docteur Walters avait mis ses deux pieds chez elle, et qu'elle l'avait fait sans même y avoir été invitée. Mme le docteur Walters partit très vite. Personne ne la regretta.

Il y avait beaucoup d'alcool à boire et la conversation était étincelante. Joe Mason pérorait avec éloquence sur le vote des Noirs « dans son contexte réel », c'est-à-dire comme élément d'équilibre dans le jeu des pouvoirs.

— C'est une question purement économique, déclara le docteur Stone.

— Quelle est cette question purement économique? demanda le docteur Garrett.

— Le problème racial, bien entendu, fit le docteur Stone.

— Plus de dollars semés, plus de votes noirs récoltés, fit Moe Miller.

— Je crois que c'est surtout un problème psychologique, dit le brun docteur Billings Brown.

— La solution est dans l'éducation, proposa le blanc docteur Kissock.

— Cette pauvre Mamie a l'air complètement décomposé, prétendaient quelques femmes.

Mamie souriait avec malice.

— Les Russes sont pires que les Juifs, affirmait Lorenzo Llewellyn, qui avait tout récemment désavoué le parti communiste, après en avoir été membre pendant dix-sept ans.

— Une de mes parentes éloignées, une petite cousine, je crois, a épousé un Russe dans le temps, avoua le docteur Garrett. Un prince quelconque, si je ne me trompe... il faisait le taxi...

— Un Russe blanc? intervint le docteur Stone.

— Oh! oui! Tout ce qu'il y a de blanc. Parce que ça existe... heu... les Russes noirs?

— Demandez à Jonah Johnson, puisqu'il est correspondant à l'étranger! Jonah, est-ce que ça existe... heu... des Russes noirs?

— Oh! oui! ils sont nombreux. Il y a toute une nation de Russes noirs. La Géorgie.

— Pas *notre* Georgie, quand même? s'affola Merto.

— Non. *Leur* Géorgie, dit Jonah.

— Mamie de mon cœur, tu es éblouissante ! s'extasiait Brown Sugar.

— ... de chez Lord et Taylor, mon chou, marmonnait Mamie sans grande logique, car elle pensait à son fourreau de satin noir, taille 40, qu'elle semblait sur le point de faire éclater.

— Des Noirs partout ! rêvait tout haut Booker T. Henry, dirigeant syndical. Des Français noirs, des Anglais noirs, des Chinois noirs...

— Pas possible? Vous avez bien dit des Chinois noirs? interrompit le docteur Kissock. Du sud de la Chine, sans doute?

— Il paraît que Mamie a un cancer au rectum, souffla une des invitées.

— Elle a été citée comme témoin... et je m'entends... dans le divorce de vous savez qui ! murmura son interlocutrice.

— Ici même, sur ce sofa que vous voyez là !

— Mais on m'a dit qu'il était de la pédale...

— Mamie, ça ne lui fait ni chaud, ni froid, du moment qu'il est Blanc et riche.

L'amie éclata d'un rire aigre.

— Il l'a abandonnée au bout de six mois pour une autre, dit le docteur Garrett. Nous n'apprendrons jamais à nous méfier.

— Des hommes ou des femmes? demanda Merto.

— Le poulet, y va sauter d' la casserole ! brailla Aquilla, la bonne de Mamie, du fond de sa cuisine. A qui le poulet?

Le docteur Garrett faillit, lui aussi, sauter hors de sa peau. D'avoir parlé de Russes l'avait rendu nerveux.

Edward Schooley arriva juste à temps pour faire honneur au poulet frit, mais il était trop saoul même pour y goûter. Il distribua des sourires béats et bredouilla :

« Merci... merci à tous... Mamie toute belle... très sensible... à l'honneur... » Puis, en titubant, il franchit la salle de séjour, entra dans la chambre, se laissa tomber en travers du lit et s'endormit incontinent. D'aucuns crurent voir une femme en surnombre qui se répandait à travers l'appartement, mais personne n'y attacha d'importance.

Dans la cuisine, on pouvait entendre la bonne de Mamie interroger les invités rassemblés autour de la table :

— T'aimes-t-y mieux la cuisse ou l'aile, mon chou?

Moe Miller en profitait pour placer son mot :

— Moi, je connais le morceau préféré de Joe!

— Celui qui passe en dernier par-dessus la barrière! proposa Art Wills, plein de bonne volonté.

— Vous ne le connaissez pas, Joe. Il entame un poulet et il ne s'arrête que quand il n'y en a plus!

— Oh! le bréchet! proposa encore Art.

Joe eut un regard malicieux pour Mamie.

— Le bréchet de dinde!

Mamie rit avec indulgence.

— Mamie, intervint Moe, ton mari est toujours à réclamer! Tu n'as donc pas assez de bréchet pour le satisfaire?

— Je parlais du bréchet qu'on mange, corrigea Joe aimablement.

Le docteur Garrett, le docteur Stone et le docteur Kissock écoutaient avec une attention extrême.

— Tu me dis que tu manges du bréchet d'Inde, mais l'Inde, elle est à des milliers de kilomètres... attaqua Moe.

Joe battit des paupières et répondit en toute innocence :

— Et en Suède, faut manger suédois.

— Mamie, j'ai demandé à ton mari ce qu'il mangeait et il m'a dit un bréchet de dinde. Alors, je lui ai demandé où il a trouvé de la dinde au beau milieu de la nuit et il m'a dit que la bête, elle venait pas de l'Inde, mais de la Suède.

— J'ai jamais dit que je n'aimais pas le bréchet de dinde !

— Tu as dit que t'as jamais vu de bréchets aussi tendres qu'en Suède !

Les docteurs Garrett, Stone et Kissock éclatèrent de rire.

— Ça me fait penser à un conte de Faulkner, dit le docteur Kissock. Celui du cheval !

— Prends ton poulet avec tes doigts, petite. Tu vas pas ramener tes grands airs !

C'était la bonne de Mamie qui tançait Kit Samuels, l'épouse de Isaiah Samuels, professeur de littérature anglaise dans une université féminine du nord de l'État.

— Elle suit un traitement au ver solitaire ! murmura une femme à l'oreille d'une amie.

— Quoi? Pour maigrir? Mais ça doit être très dangereux !

— Penses-tu ! Elle se fait des lavements au poison pour tuer le ver !

— C'est épouvantable !

La très brune Lucy Pitt, qui était venue en compagnie de Will Robbins et d'une blonde divorcée nommée Fay Corson, glissa sur le lino de la cuisine et tomba sur le derrière. Sa jupe vola, découvrant la partie de son individu qui, dit-on, sert à la procréation, si on néglige la théorie des bébés naissant dans les choux.

La bonne de Mamie était scandalisée : « Cette gosse, elle a pas de culotte ! »

Le Révérend Mike Riddick, pasteur de l'une des plus grosses paroisses de Harlem, bel homme athlétique et fort dévot, qui, depuis un bon moment, massait avec patience la cuisse de Kit Samuels pour soulager sa crampe, mordit si violemment dans le pilon du poulet qu'il en brisa l'os de part en part et fit sauter l'émail d'une de ses canines.

— Que le Ciel épargne sa modestie ! fit-il pieusement, mais d'une voix étranglée.

— Bébé a bobo ? marmonna Mamie, pleine de sollicitude, en examinant les cuisses polies et brunes de Lucy de l'œil expert d'un maquignon. Mike, donnez-lui un coup de main !

Kit ricanait nerveusement.

— Que le Ciel protège les désemparés ! énonça le Révérend Riddick gravement, en s'agenouillant devant l'enfant.

— Faut la ramasser ! dit Mamie. Vous la lèverez après !

Dans la salle de séjour, Arthur Tucker, délégué auprès du président, debout devant Maiti Brown, femme du docteur Baldwin Billings Brown, plongeait son regard à l'intérieur de son décolleté, l'œil fixe, humide et comme hypnotisé.

— Diable ! Les superbes mamelles que vous avez là ! brailla-t-il d'une voix excitée. Admirables ! Jamais vu de pareilles ! Uniques ! (Il se frottait les mains, en proie à un enthousiasme délirant.) Magnifiques ! Et si parfaitement symétriques ! Et cette couleur exquise ! Vingt dieux, elles sont énormes ! Comme des pis d'éléphante... absolument !... Je parierais un an de mon salaire !

— Non, non ! cria Maiti, affolée.

Son nez crochu, dans le large visage luisant, la faisait ressembler à un aigle effarouché.

— Arthur est blindé ! murmura Mamie gaiement.

— Stupéfiant ! gueula-t-il avec passion. Ah ! S'étouffer là-dedans !

— Jamais de la vie! hurla Maiti, terrorisée, en se poussant sur son siège.

M. Tucker était petit et frêle, mais Maiti était une matrone de forte carrure, d'aspect imposant, impressionnant même, et au masque dominateur. Elle pesait dans les cent kilos et frisait la cinquantaine. Aussi ne fallait-il pas une imagination débordante pour concevoir cette mort par étouffement entre ses seins géants.

— Allez-vous-en! Je vous défends de me toucher! cria-t-elle.

— Ah! Maiti, rugit M. Tucker d'une voix vibrante de regret. Si j'étais Botticelli! Ah! quel régal! Quel apport pour l'art pictural! Je les saisirais, moi, entre mes mains...

Maiti fut debout avant qu'il ait eu le temps de passer à la pratique. Elle écrasa le petit homme fluet de sa prodigieuse stature et acheva de piétiner son cœur ardent en s'enfuyant, en proie à la panique, vers la chambre à coucher. M. Tucker s'élança à sa suite, le visage en feu, sous l'effet de la passion ou de la honte... personne n'aurait pu le dire. Mais elle lui claqua la porte au nez et, à contrecœur, il battit en retraite, marmonnant entre ses dents :

— Du diable! Quelles chopines!

Mamie, qui se hâtait vers la chambre pour rassurer son invitée terrifiée, lui fit un clin d'œil.

— Il allait me violer! chuchota Maiti, tout essoufflée.

Schooley se dressa soudain sur le lit et lui jeta un regard grave et indigné.

— Mais pas du tout! J'étais en train de rêver, tout simplement.

— Il allait me violer, comme ça, devant tout le monde! sanglotait Maiti, sans prêter d'attention au susceptible Schooley.

Une larme glissa de son œil sévère et farouche et s'en alla serpentant sur sa large joue compacte, le long de son nez crochu.

— Pleure pas, ma belle, dit Mamie. T'auras plus de chance la prochaine fois.

— J'ai jamais violé une femme de ma vie ! déclara Schooley, toujours sur la défensive.

Maiti tourna vers lui son œil d'aigle :

— Pochard !

Sans prêter la moindre attention au drame pourtant si proche, le groupe installé dans la petite chambre s'en donnait à cœur joie.

Julius disait :

— Pour faire vieillir le châtaignier, y a qu'un moyen — faut le laisser vieillir sur pied !

— Et, en plus, on a des châtaignes, à la saison, dit Art d'un ton doctoral. Des châtaignes comestibles, à ne pas confondre avec ces autres châtaignes, qui sont les éminences cornées sur les jambes d'un cheval.

— Aucune importance, déclara Julius, ces gens-là n'ont jamais vu un châtaignier... ni un cheval ! Un châtaignier, c'est donc un grand arbre à écorce dure, avec un enfourchement, à près de vingt mètres du sol... pour tenir les chevaux...

— C'est là qu'ils se perchent pour ramasser leurs châtaignes, renchérit Art.

— Hé oui ! Pendant qu'ils enfourchent, ils ne sont pas enfourchés, reprit Julius. Et pour l'arbre, c'est bon... ça l'arrose... Donc, pour en revenir au châtaignier, il suffit de l'entailler une fois par an, comme les pins à résine. Et on recueille le suc.

— Sur une année, les six premiers mois sont consacrés à l'arrosage, et les six derniers au vieillissement, résuma Art.

— Mais les chevaux, comment vous les montez dans les arbres? demanda Lou Reynolds.

— Ce n'est rien du tout à faire, répondit Julius.

— Le plus dur, c'est de les faire arroser pendant six mois consécutifs! expliqua Art.

Moe Miller passa devant la chambre pour se rendre aux toilettes. Une seconde plus tard, un personnage petit et bien mis se précipita à sa suite. Arrivé à la porte des toilettes, il vit Moe qui en sortait.

— Oh! fit le petit homme bien mis d'une voix déçue. Je vous demande pardon!

— Vous êtes tout excusé, dit Moe.

Dans un coin de la salle de séjour, Wallace Wright racontait une fois de plus à Jonah Johnson ses aventures, au cours d'un de ses voyages-éclair en Europe, pendant la guerre.

— Je m'étais donc arrêté à Londres, sur le chemin de Naples, pour mettre Winston au courant des difficultés qui avaient surgi entre nos soldats blancs et nos soldats noirs, en particulier sur le plan des loisirs...

Jonah opinait du bonnet, avec un intérêt exalté par l'ambition. Il était suspendu aux lèvres du grand homme.

— J'avais soupçonné, avec raison, que nos responsables de Londres n'avaient pas fait part de ces observations à Winston...

— Churchill! compléta Jonah avec zèle.

Wallace leva les sourcils :

— Y aurait-il un autre Winston?

— Moi, la dernière fois que j'ai vu Churchill, enfin, je veux dire...

— Je savais, par nos précédentes conversations avec Winston, qu'il souhaitait être informé de toute évolution qui aurait pu être constatée dans le comportement de nos hommes de troupe Bien entendu, Winston m'a invité à dîner au nº 10...

— Downing Street !

Ces précisions ridicules décourageaient les commentaires. De quel autre « nº 10 » pouvait-il être question ?

— Et avant de quitter Londres, j'ai encore exposé à Ike le problème de l'intégration. Comme je l'ai fait remarquer à Ike...

Jonah, qui allait encore gaffer en ajoutant « Eisenhower », se rattrapa à temps et, pour donner le change, se racla la gorge.

Wallace lui jeta un coup d'œil aigu.

— J'ai donc dit à Ike qu'il serait opportun de mener la chose à bien, pendant cette phase critique de la guerre. Ike était tout à fait de mon avis et m'a promis de faire l'impossible dans ce sens, à condition, bien sûr, que cela ne freinât pas les opérations. Malheureusement, l'histoire nous a apporté la preuve que...

— Quand j'ai interviewé Ike en exclusivité, il m'a dit...

— Mais, tout compte fait, c'est Charles qui m'a paru le plus coriace.

— Ah ! oui, Charles... euh... c'était bien le plus coriace, en effet...

— Évidemment, il lui fallait faire face à tous les problèmes coloniaux...

— C'est vrai, pour Charles, la tâche n'était pas facile, mais croyez-vous vraiment, Wallace, que Charles est bien... euh...

— Il faut dire que ses difficultés sont d'un tout autre ordre que les nôtres. Les Sénégalais, par exemple, ne sont pas des citoyens. Et il faut aussi tenir compte du fait qu'un Français...

— De Gaulle ! cria triomphalement Jonah qui avait

compris subitement qui était ce sacré nom de nom de Charles.

Le docteur Garrett disait rêveusement au docteur Stone :

— Nous avions une jeune Suédoise, pendant un temps, qui s'était placée chez nous comme bonne... une belle, grande fille...

— Vous croyez vraiment que les Suédoises... euh... avec les gens de couleur?

— Mais j'en suis tout à fait sûr. En Suède, s'entend.

— Vraiment? Même avec des gars comme Joe et Moe? Des noirs-noirs?

— J'ai lu un livre d'un jeune auteur de couleur dans le temps... très doué, ce garçon... Et il avait appelé son roman... (Il se pencha imperceptiblement vers l'oreille du docteur Stone.) *Plus noir est le fruit, plus doux en est le jus.*

— Ha! ha! fit le docteur Stone. Ha! ha! Plus doux est le fruit, plus noir en est le jus! Ha! ha!

A quelque distance de là, le Noir William B. Overton discutait politique avec une grande femme blanche, aux cheveux sombres.

— Sans aucun doute, nous devons faire campagne pour lui, parce qu'à ce stade, c'est une nécessité vitale, que dis-je, impérative... si vous voyez où je veux en venir...

— A le faire élire?

Il battit des paupières, déconcerté. Il la croyait capable de tout, sauf d'avoir de l'esprit.

— Exactement. A le faire élire. Mais vous comprenez, j'en suis sûr... notre organisme est apolitique. Nous avons, dans notre comité, des membres des deux grands partis. L'objectif... et nous nous comprenons très certainement sur ce point... l'objectif réel est...

— La cause des Noirs.

Elle eut un sourire « intellectuel ».

— Euh... fit-il. Puis-je vous demander de me rappeler notre nom?

— Merto, répondit-elle, sachant qu'elle ne le lui avait pas dit avant.

D'un mouvement de tête, elle désigna le petit personnage bien mis qui écoutait l'exposé de Moe Miller sur les mérites comparés des étalons et des ânes.

— Vous pouvez y aller! Ça marche à tous les coups! Vous mettez une jument avec un étalon — un âne s'amène et il l'embarque...

— C'est vrai qu'une mule c'est la fille d'un âne? interrompit Joe.

Moe éclata de rire :

— Allez donc prouver l'hérédité.

— C'est mon mari, enfin... commença Merto.

Willard attendit la fin de la phrase, mais elle la laissa en suspens.

— Vous parlez de Maurice?

Elle hocha affirmativement et énergiquement la tête.

— Vous êtes donc madame Gordey.

— Oui... enfin... mais c'est dégoûtant!

Il allait répéter « dégoûtant », mais se rattrapa à temps.

— Chaque fois que je veux apporter mon aide à la cause, il me bat.

Elle parlait d'une voix précipitée et haletante. De nouveau, il cligna des paupières :

— Ah! oui... Excusez-moi, mais je crois que j'ai mal compris. J'ai cru entendre qu'il vous battait!

— Terriblement.

Il lança un rapide coup d'œil à Maurice, qui était en train de suivre Moe vers la cuisine. Maurice était un personnage très petit, au visage très rouge, aux yeux d'un bleu délavé, et aux cheveux rares et blancs, âgé d'une soixantaine d'années. Merto avait une tête de plus que lui, dix livres de mieux et moins de la moitié de son âge.

— Mais il n'a pas l'air très fort, hasarda Willard.

— Il n'est pas fort. Mais je le laisse faire... enfin...

— Ah!... enfin... Mais pourquoi?

— C'est juste parce que je m'intéresse au problème noir.

— Oui, je vois... Il n'admet pas que vous dépensiez votre temps et votre argent dans nos institutions.

— Ce n'est pas ça. Il me bat pour me faire raconter... enfin...

— Ah!... euh... vous voulez dire qu'il veut vous faire raconter... euh... enfin...

— C'est affreux, n'est-ce pas?

— Dire que cette sale brute se permet de vous frapper...

— Quand je ne l'ai pas fait, bien entendu. Vous pouvez le comprendre? Pourquoi est-il comme ça?

— Oui, certainement. Euh... j'ai ma voiture en bas... enfin...

— Je vais dire au revoir à Mamie, si vous le voulez bien, et prendre mon manteau.

— Mais l'idée que je serais la cause de... enfin... m'est insupportable...

— Oh! ça m'est égal. Il ne peut pas me faire grand mal... enfin... et je sens que je dois faire quelque chose pour la cause des Noirs.

— Je vous attends en bas.

Mamie le laissa sortir et obligea Merto à attendre cinq minutes. Malgré cette précaution, le docteur Stetson Kissock haussa légèrement les sourcils.

Quand Julius Mason entra à la cuisine pour remplir son verre, Kathy Carter lui sauta au cou et l'embrassa expertement.

— Enfin ! dit-elle. J'en ai assez d'attendre que tu te décides.

Julius la considéra avec intérêt.

Quand Will Robbins vint à la cuisine pour remplir son verre, la brune Kathy abandonna le brun Julius pour sauter au cou du Blanc Will et l'embrasser expertement.

— Enfin ! dit-elle. J'en ai assez d'attendre que tu te décides.

L'intérêt de Julius s'émoussa.

Moe dit à Joe :

— Ta collaboratrice est une embrasseuse.

Joe dit à Moe :

— Tant qu'elle n'est pas baiseuse...

Kathy sauta au cou de Joe et l'embrassa expertement. Mamie entra à la cuisine sur ces entrefaites et Joe en sortit en toute hâte.

Julius s'en retourna à la petite chambre.

BONNE NUIT
ET TOUS NOS COMPLIMENTS

Il se faisait tard. De jolis visages qui avaient été poudrés et repoudrés avec soin luisaient maintenant d'huile et de sueur. Des lèvres qui avaient eu goût de poulet frit étaient maintenant scellées par la graisse figée.

Le docteur John Stetson Kissock s'apprêtait à prendre congé pour s'en aller en compagnie de Wallace Wright. Mamie l'aida à enfiler son pardessus. Wallace disparut, une fois de plus, pour « vider son chargeur ».

— Ne partez pas. Joe s'en va à Detroit, demain dans la journée, dit Mamie au docteur Kissock.

— Ça ne peut pas se faire.

— Mais si. Vous partirez à minuit.

— Ça ne va quand même pas. Martha m'attend.

— Vous lui direz que vous aviez rendez-vous avec Sidney.

— Quel Sidney?

— N'importe quel Sidney. Vous ne vous êtes jamais défaussé sur Sidney?

— Il faudrait que je me défausse de Martha. Ça s'arrange mal... Elle commence à avoir des soupçons à votre sujet. Quelqu'un a dû... (Il s'interrompit en voyant arriver Wallace.) Il faut venir nous voir, chère amie. Martha vous aime tant!

— A ma prochaine visite à Washington. C'est promis. Et toute mon affection à Martha.

Elle l'embrassa sur les deux joues. Il lui tapota l'épaule amicalement.

— Une soirée merveilleuse, Mamie chérie, dit Wallace.

Elle embrassa Wallace sur la bouche.

— J'en suis ravie, trésor! Bonne nuit! Dites à Juanita de m'appeler.

Quand la porte se referma sur eux, Mamie marmonna : « L'ignoble salaud! »

Dans le couloir, de l'autre côté de la porte, Wallace cracha, tira un mouchoir de sa poche et essuya le baiser de Mamie. Le docteur Kissock parut ne rien remarquer.

— Une femme charmante, hein, Wallace?

— Oh! tout à fait, tout à fait.

***

Une femme blanche fort distinguée, en sentant sur elle le regard insistant d'un jeune homme noir, éclata brusquement en sanglots.

— Mais qu'est-ce qu'il y a, madame? demanda-t-il, affolé.

— Vous ressemblez tellement à Jackson! sanglota-t-elle. Pauvre Jackson! Il était si brave! Il riait toujours, en toutes circonstances!

— Ne pleurez pas, madame. On mourra tous un jour.

— Oh! mais il n'est pas mort, Jackson! C'est mon mari qui est mort.

— Et Jackson?

— Je n'avais plus assez d'argent pour garder Jackson. Et c'était un si bon chauffeur, pourtant. Il avait une si jolie peau noire!

Le jeune homme se mit à rire :

— Et vous trouvez que je lui ressemble à ce point?

Elle l'examina intensément :

— Vous n'êtes peut-être pas aussi grand que Jackson, et moins gros aussi — après tout, nous l'avons toujours très bien nourri — et... hmmm... vous n'avez pas exactement les mêmes traits... ils sont moins ronds, moins plats que ceux de Jackson. Mais vous... (ses yeux s'illuminèrent, extasiés) ... vous avez la même peau... si noire, si noire!... Et vous êtes poète aussi, n'est-ce pas?

Bien entendu, il était aussi poète.

***

Le docteur Oliver Wendell Garrett se préparait à partir en compagnie de Jonah Johnson. Cependant Lorenzo Llewellyn avait, lui aussi, conçu le projet d'accompagner le docteur Garrett à son hôtel, afin de l'entretenir de sa demande pour une nouvelle bourse Rothschild. Mais on eût dit que quelqu'un avait enfermé Lorenzo aux cabinets, à moins qu'il ne s'y fût enfermé lui-même et eût oublié ce qu'il avait fait de la clef. Jonah Johnson proposa donc d'accompagner le docteur Garrett, puisque, de toute évidence, un homme qui distribue les bourses ne peut en aucun cas être autorisé à circuler tout seul.

Pendant que Joe Mason et Kathy Carter cherchaient la clef perdue, Mamie aidait le docteur Garrett à mettre son pardessus.

— Demain soir, dit le docteur Garrett.

— Pas demain. Joe ne part qu'après-demain.

— Il m'a dit qu'il partait demain, dans la journée.

— Il a tout embrouillé. Il a un rendez-vous avec Sidney demain.

— Quel Sidney?

— Sidney! Vous savez bien!

— Je ne vois pas du tout. Après-demain soir, j'ai quelqu'un à voir aussi. Et ce n'est pas le nommé Sidney.

— Venez plus tard.

— Plus tard, Abby sera rentrée.

Elle aperçut Jonah qui approchait et chuchota :

— Je vous appelle.

Le docteur Garrett posa un baiser paternel sur son front. Elle lui fit la révérence.

— Merci d'être venu, Ollie.

— ... moi qui suis ravi... très réussi... comme toujours, chère amie.

Jonah la serra dans une étreinte d'ours et glissa la clef perdue dans sa main.

Elle eut un sourire entendu.

La brune Bessie Shirley faisait tâter ses lentilles contact à Arthur Tucker, perché sur le bras de son fauteuil.

— Vous vous rendez compte? Je ne sens même pas votre doigt.

Arthur Tucker s'était tellement penché, pour plonger dans les yeux de Bessie, que ses lèvres, par inadvertance, touchèrent son nez : « Ils sont gris », déclara-t-il.

Elle fit la moue :

— Non, ils sont marrons. C'est les lentilles qui sont grises.

Les lèvres de M. Tucker, par inadvertance, effleurèrent sa moue.

— Il me semble que vous m'embrassez? dit-elle.

— Là, vraiment, j'ai été bien attrapé.

— J'en ai des bleues aussi, dit-elle.

La main de M. Tucker, par inadvertance, frôla son sein.

— Je suis un homme très occupé, remarqua-t-il.

— C'est bien vrai, répondit-elle, mais vous avez les mains froides.

— Mains froides, cœur chaud, énonça-t-il.

— Vous êtes un type adorable, constata-t-elle en lui prenant le visage entre les mains.

Il s'aperçut que les invités partaient et, soudain, se rappela l'heure tardive.

***

Le docteur Carl Vincent Stone s'en alla avec le docteur Baldwin Billings Brown et Mme Maiti Brown. Arthur Tucker les vit partir avec regret, mais se consola en se rappelant l'adage : « Un tiens vaut mieux que deux tu l'auras. »

Will Robbins s'esquiva avec Kathy Carter, laissant Fay Corson et Lucy Pitt se débrouiller par leurs propres moyens.

Fay Corson dit à Julius Mason : « Vos yeux sont si tristes... »

Peu après, ils partirent ensemble.

Lucy Pitt n'était guère en état de se débrouiller par ses propres moyens. Sa détresse toucha le cœur du Révérend Mike Riddick.

— Je vais ramener cette pauvre enfant chez elle, Mamie, et je veillerai à ce qu'elle se mette au lit. (Il s'interrompit brusquement, puis reprit) : Elle vit seule, n'est-ce pas?

— Son mari est aux armées.

— Dans un camp, j'espère?

— En Californie.

— Que le Ciel bénisse nos combattants! Je ferai en sorte pour qu'il n'ait pas à s'inquiéter pour sa petite compagne.

Personne ne vit partir Moe Miller. En dernier lieu, il était à la cuisine, en train de bavarder avec Joe. Maurice s'était installé à une table voisine. Soudain, Maurice, à bout de résistance, se leva d'un bond et se précipita aux toilettes — tout seul. Quand il revint, Moe avait disparu. Maurice s'en alla donc en compagnie de Lorenzo Llewellyn.

Mais, chez Mamie, l'atmosphère brusquement tourna à l'orage. Milt Shirley donna un coup de poing à Arthur Tucker. Bessie Shirley lui dit qu'il devrait avoir honte. Arthur Tucker se plaignit, prétendant que son œil gonflait. Bessie Shirley proposa de le badigeonner à l'eau fraîche et ils s'en allèrent aux toilettes. Mais, à peine avaient-ils ouvert la porte qu'ils furent salués à tue-tête par Eddy Schooley. Il était superbement nu, si l'on excepte la guirlande de serviettes multicolores, appartenant à Mamie, qu'il avait nouées autour de son cou.

— Gloire à Bacchus! cria-t-il. La Bacchanale commence!

— Vous avez vu? Il a du ventre, Schooley! fit observer Brown Sugar.

— Il ne manque pas de légèreté quand même, répondit Art Wills, en se serrant contre Brown Sugar.

Le Bacchus réincarné, aux grosses pognes, bondissait

et se déhanchait avec un entrain si joyeux que les témoins conçurent des soupçons quant à ses intentions.

— Il fait une petite étude sur l'alcoolisme, expliquait Lou Reynolds à qui voulait l'entendre. Ce sera le sujet de son prochain livre.

— Qu'il ne me prenne pas pour cobaye ! fit Cleo Daniels vivement.

Mamie intervint et, tout en dansant, entraîna Bacchus à la cuisine, où ils vidèrent un verre cul sec. Après un dernier rond de jambe, Bacchus s'affala sans bruit sur le plancher.

Milt Shirley et Joe Mason portèrent Bacchus inerte dans la grande chambre à coucher. Mais Bessie Shirley avait déjà pris possession du lit, en compagnie d'Arthur Tucker, dont elle soignait l'œil meurtri. On coucha donc Bacchus sur le divan de la petite chambre et on le recouvrit d'une écharpe tricotée.

Milt Shirley disparut.

***

Art s'était blotti tout contre Brown Sugar, à croire qu'il cherchait à faire fondre en sirop son dos de sucre brun. Il lui avait pris l'épaule au creux de son bras robuste afin de rassurer sa pudeur devant les atroces réalités, décrites dans le quatorzième chapitre de son autobiographie, intitulée : *Moi et le Sexe*.

***

Cleo Daniels, l'œil dédaigneux, entra dans la cuisine, se percha sur la table et ôta ses chaussures et ses bas. Panama Paul s'assit près d'elle, ôta à son tour ses chaussures et ses chaussettes et ils comparèrent leurs pieds.

Panama Paul gagna haut-le-pied, bien que Cleo eût, pour une femme, des pinceaux fort respectables. Elle sauta à terre et exécuta un ballet. Il sauta à terre et exécuta un jeté battu. Ils se rendirent compte, néanmoins, qu'ils n'étaient pas mûrs pour présenter un numéro à Broadway et s'en allèrent dans la petite chambre à coucher pour écouter des disques de blues. Elle s'installa sur le divan, appuyée à Bacchus endormi. Panama s'assit en face d'elle dans un fauteuil. Elle posa ses pieds blancs sur ses genoux et il les massa doucement de ses grandes mains noires.

Aquilla, la bonne de Mamie, fit le tour de l'appartement, échangea des poignées de main avec les invités restants et exprima l'espoir qu'ils s'étaient bien amusés. Puis, titubante, elle gagna la porte, se retourna, agita la main, dit : « Bonsoir, tout le monde! » et disparut.

***

Ray Daniels entra, s'assit et foudroya Cleo Daniels du regard. Elle le toisa d'un œil flamboyant et, en silence, ils se mirent à échanger des regards mauvais. Quant à Panama Paul, il massait les pieds de Cleo en fredonnant des blues. Cleo avait été mariée pendant cinq ans à Ray, qui jamais ne lui avait massé les pieds. Le divorce datait de huit ans. Sait-on jamais? C'était peut-être là la vraie cause de leur séparation. De toute façon, Cleo pouvait désormais se faire masser les pieds par qui bon lui semblait et Ray n'avait rien à dire.

— Regarde pas mes pieds comme ça! dit-elle.

— Je regarde pas tes pieds.

— Tu regardes les pieds de qui, alors?

— Je ne regarde les pieds de personne.

— Dans ce cas, cesse de regarder mes pieds à moi.

Il se leva d'un bond et la gifla. Panama Paul se leva d'un

bond et le maîtrisa. Elle voulut envoyer son whisky-soda à la figure de Ray, mais visa mal et le jeta à la figure de Panama.

Mamie, qui arrivait sur ces entrefaites, crut comprendre que les deux Daniels se défendaient contre Panama. Elle ordonna à Panama de lâcher Ray et de prendre la porte immédiatement. Panama lâcha Ray, se rassit et se versa à boire.

Cleo dit :

— Mamie, t'es une chienne.

— Bien sûr, répondit Mamie, je ne couche pas avec des chats, moi !

Cleo, en effet, avait trois siamois coupés, qui vivaient avec elle dans son studio de Greenwich Village, grimpaient sur son lit et le long du filet de pêche qu'elle avait accroché au mur à leur intention. Ils avaient pris peu à peu une apparence étrange. Ils étaient ballonnés comme des eunuques félins et Cleo les aimait d'amour tendre, mais elle supportait mal les allusions scabreuses à leurs rapports.

— Non, toi, tu ne couches qu'avec des bourriques !

Milt et Bessie Shirley prirent congé et s'en allèrent avec Arthur Tucker. Mamie eut un curieux petit rire et porta quelques notes dans son agenda mental.

Joe, qui ne trouvait plus à qui parler après le départ de Moe, avait rejoint Cleo, Ray Daniels et Panama Paul dans la petite chambre. Il leur raconta son histoire d'éléphants :

« Un professeur de philosophie, à la Sorbonne, avait proposé à ses élèves de choisir un sujet sur quelque aspect psychologique de la vie des éléphants. Comme de bien entendu, l'étudiant français choisit le thème : *Les amours des éléphants;* le Russe : *Persécutions subies par les éléphants sous la domination impérialiste britannique et américaine;*

l'Italien : *La grandeur de l'Empire défunt des Mastodontes;* l'Allemand : *Le traitement du cuir des éléphants;* l'Anglais : *La charge de la Brigade des pachydermes;* l'Américain : *Des mérites comparés de l'Éléphant et de la Bombe à hydrogène pour le maintien de la paix.* »

Joe éclata de rire : « Bien sûr, quand ce fut le tour du neveu de l'Oncle Tom, il déclara que ce qui l'intéressait surtout, c'était : *L'Éléphant et le problème noir.* »

Personne n'écoutait.

Mamie cacha tout son whisky et annonça qu'il n'y avait plus rien à boire.

La réception prit fin.

Une soirée très réussie. Mamie était affamée, mais heureuse. Quelque chose allait sortir de cette réunion, mais elle ne savait pas quoi.

MANHATTAN, U.S.A.
COMÈTES ET ÉTOILES FILANTES

Il arriva, entre autres, que Panama Paul invita Cleo Daniels à monter dans sa chambre de l'Hôtel Albert, qui est situé place de l'Université, au nord et à quelque quinze cents mètres de Washington Square. Pour être précis, Panama avait proposé à Cleo de boire un verre dans sa chambre et elle avait accepté l'invitation sur ces bases.

Ils vidèrent donc un verre, sur ces bases, et puis un autre. Là-dessus, Panama tenta un rapprochement.

— Ote tes chaussures, petit.

— Je n'en ferai rien.

Il ôta donc ses propres chaussures et ils vidèrent un troisième verre.

— Ote ta robe, petit.

— Je n'en ferai rien.

Il se mit donc à enlever ses propres vêtements.

— Qu'est-ce que vous faites? demanda-t-elle.

— Je me déshabille.

— Pourquoi?

— Pour me coucher.

— Vous n'allez pas vous coucher et me laisser là!

— Je n'y songe pas. Vous allez en faire autant.

— Jamais!

— En somme, vous êtes montée ici, vous avez bu mon whisky, et maintenant vous refusez de vous mettre au lit avec moi?

— Vous m'avez invitée à boire un verre. Vous n'avez pas parlé de lit!

— Et pourquoi vous aurais-je fait monter ici? Pourquoi je vous aurais fait boire mon whisky, je vous prie?

— Pour le plaisir de ma compagnie. Je croyais que vous étiez un gentleman. Moi, en tout cas, je ne suis pas une fille d'amour!

— Espèce d'allumeuse! Foutez-moi le camp!

— C'est ce que je vais faire. Et ne me bousculez pas!

Elle était tellement en colère qu'elle fit à pied tout le trajet jusqu'à chez elle et, quand l'un de ses eunuques félins au gros ventre vint se frotter contre sa jambe, elle lui balança un méchant coup de pied.

***

Panama était tellement en colère qu'il acheva tout seul la bouteille de whisky. Il se coucha et rêva d'un paradis, plein d'anges blancs tout nus. Mais quand il voulut voler vers eux, il s'aperçut que ses attributs étaient lestés de plomb.

***

Milt et Bessie Shirley pénétrèrent gaiement, avec leur invité Arthur Tucker, dans leur appartement du Theresa Hotel et, gaiement, fermèrent la porte sur eux. On avait beau faire, on n'y voyait goutte, même en collant l'œil au trou de la serrure. C'est sûr qu'ils avaient laissé la clef à l'intérieur.

***

Merto conduisit Williard B. Overton à son appartement, du secteur Ouest, où elle vivait avec Maurice Gordey (Maurice, elle le reconnut, n'était pas vraiment son mari) et où Schooley avait été reçu comme hôte d'honneur, le soir de la fameuse émission, mais pas depuis.

Quand ils furent en situation, Merto sortit un mince mètre ruban et prit les mesures de M. Overton. M. Overton n'avait pas l'habitude d'être mesuré dans de telles circonstances et il en fut si contrarié que ses dimensions changèrent brusquement. Néanmoins, quand Merto lui eut révélé ses intentions, il retrouva ses dimensions premières. En fait, il ne s'agissait pas du tout d'évaluer des possibilités ou d'établir des comparaisons, comme il l'avait cru. Il s'agissait simplement de perpétuer un souvenir.

A ses moments perdus, en effet, Merto tricotait des aide-mémoire. On ne pouvait dire exactement ce que cela représentait, mais les « objets » avaient vaguement l'apparence de marteaux à manche court, dotés de deux pannes en forme de boules. Les manches étaient rouges et les pannes vertes. Dans ces conditions, il était évidemment indispensable de prendre des mesures. Quand Merto se sentait très seule ou déprimée, elle sortait les objets et les regardait.

Elle ouvrit un tiroir et montra à M. Overton une pile de modèles, tricotés par ses soins. Il fut très impressionné.

Il lui fit promettre, cependant, de ne pas lui envoyer le sien par la poste. Il valait mieux qu'elle lui téléphonât et qu'il vînt chercher la chose. Car les pires catastrophes pouvaient arriver si, par hasard, Mme Overton ouvrait le paquet, en examinait le contenu et en reconnaissait les dimensions.

***

Le docteur Brown emmena sa femme Maiti et son passager, le docteur Stone, dans sa conduite intérieure Chrysler. Il roula avec une prudente lenteur à travers les périlleuses artères de la ville de New York jusqu'à l'hôtel New Yorker, à l'angle de la 34e Rue et de la 8e Avenue.

Comme ils montaient à leurs chambres respectives, le docteur Brown invita le docteur Stone à s'arrêter chez lui pour goûter à son authentique bourbon du Kentucky, vieilli en fût pendant huit ans, et déguster un sandwich au vrai jambon de Smithfield. Comment le docteur Stone aurait-il refusé, alors que l'eau lui venait à la bouche à la seule évocation d'une tranche de jambon de Smithfield? Ils sirotèrent le bourbon âcre et mastiquèrent le succulent jambon, tout en devisant et, de fil en aiguille, le docteur Brown vint à parler de parasites, et plus particulièrement de punaises des bois de lit.

Quelques années plus tôt, alors qu'il faisait route, en compagnie de quelques confrères, vers une université méridionale, il s'arrêta pour la nuit dans un hôtel pour Noirs, à Raleigh, Caroline du Nord. On donna au docteur Brown une chambre au premier étage. Il mit son pyjama, se coucha et, aussitôt, subit une attaque massive de punaises. D'un bond, il fut hors du lit, alluma la lampe, rejeta les couvertures et constata que ses draps grouillaient de vermine. Il n'y avait pas de téléphone dans sa chambre, il enfila donc son peignoir, descendit quatre à quatre au bureau de réception et exigea une autre chambre.

— Y en a pas, d'autre chambre, répondit l'employé de nuit. Qu'est-ce qu'elle a, vot' chambre, qui ne vous plaît pas ?

— Elle grouille de punaises.

— Des punaises ! s'exclama l'employé d'un ton indigné. Y en a pas, de punaises, dans c'te chambre !

— Montez chez moi, vous verrez ! dit le docteur Brown.

Pendant qu'ils montaient à la chambre, l'employé ne cessait de marmonner : « Y a pas de punaises dans c'te chambre ! » Et le docteur Brown répondait : « Je vous dis qu'il y en a. »

Mais le docteur Brown avait laissé allumée la lumière et, bien entendu, elle avait fait fuir les punaises dans leurs trous. Aussi, le docteur Brown ne put-il produire la moindre bestiole.

— Vous voyez bien ! fit l'employé de nuit. Je vous ai bien dit qu'il n'y en avait pas, de punaises. Vous avez la gratte, mon gars, c'est tout !

L'idée qu'on pouvait soupçonner l'hôtel d'être infesté de parasites le révoltait.

Le docteur Brown dut donc se résigner à passer le reste de la nuit dans le hall d'entrée, sous l'œil de l'employé qui semblait voir en lui une punaise géante.

Eh bien ! un an après, il retournait à la même université, avec quelques autres collègues et descendait pour la nuit au même hôtel. Et le même employé l'introduisait dans la même chambre, au premier étage.

— Je n'en veux pas, de cette chambre, mon brave, dit

le docteur Brown. Vous me l'avez déjà donnée une fois, et j'ai été dévoré par les punaises.

— Je croyais aussi me rappeler votre tête! s'exclama l'employé de nuit. C'est vous qui avez râlé parce qu'il y avait des punaises dans vot' chambre?

— Mais oui. J'ai même passé ma nuit dans un fauteuil.

— Y en a pas, de punaises, dans cette chambre!

— Vous me l'avez déjà dit, l'autre fois.

— Y a pas de punaises, ici.

— Ne me dites pas qu'il n'y a pas de punaises. Je ne suis pas resté cinq minutes dans mon lit que, déjà, elles me mangeaient tout cru!

— Et moi je vous dis qu'il n'y en a pas, de punaises, ici, mon gars.

— Et moi, je vous parie dix dollars que cette chambre est infestée de vermine!

— Allez, mon gars, je vais pas vous prendre votre argent. Dans cette chambre, il n'y en a pas de punaises. C'est au 208 qu'elles sont toutes.

***

Quant au Révérend Riddick et au professeur Samuels, ils se retrouvèrent tous les deux en observation au service psychiatrique de l'hôpital Bellevue. Mais les choses ne s'étaient pas du tout passées comme vous pourriez le croire. Le fait est que Isaiah et Kit Samuels avaient quitté la soirée de Mamie Mason en même temps que le Révérend Mike Riddick et qu'ils estimèrent de leur devoir d'aider le Révérend à reconduire à son domicile la pitoyable Lucy Pitt. Quand ils eurent monté la jeune personne chez elle, qu'ils l'eurent déshabillée et bordée dans son lit, le Révérend Riddick demanda au professeur Samuels de se retirer un moment, le temps qu'il récite une prière chrétienne pour cette pauvre pécheresse, car il ne convenait pas qu'étant Juif le professeur Samuels y assistât.

— Je ne suis pas Juif, dit le professeur Samuels.

— Alors, comment se fait-il que vous ayez un nom juif?

— Vous avez bien un nom irlandais... vous n'êtes pas Irlandais pour autant.

— Je n'ai jamais dit que j'étais Irlandais.

— Je n'ai jamais dit que j'étais Juif, non plus.

— Alors, comment se fait-il que vous ayez un nom juif?

— C'est le nom de ma famille, dit Samuels. Et, si vous voulez tout savoir, je suis originaire du Mississipi et toute ma famille, sauf moi, est très antisémite.

— Si vos parents sont antisémites, vous l'êtes aussi, déclara Riddick, et si vous êtes contre les Juifs, vous êtes aussi contre les Noirs.

— Je commence à en avoir marre, d'être accusé de racisme par les uns et par les autres, sous prétexte que je suis né dans le Mississipi, dit Samuels.

— Eh bien ! si vous n'êtes pas contre les Noirs, vous ne craignez pas que ma peau noire déteigne sur vous, déclara Riddick.

— A ce compte-là, si vous n'êtes pas contre les Blancs, vous ne pouvez craindre que ma blancheur déteigne sur vous, répondit Samuels.

— Eh bien ! puisque vous ne craignez pas que ma peau noire déteigne sur vous, je me mets tout nu et on va lutter, dit Riddick.

— Vous croyez peut-être que j'ai peur de lutter avec vous tout nu?

Ils se mirent donc à lutter, nus comme des vers.

En les voyant si heureux de lutter dans le costume d'Adam, Kit Samuels, à son tour, ôta ses vêtements et se mit à lutter, dans le plus simple appareil. Elle tournait autour de la chambre en une sorte de danse saccadée, et l'on pouvait croire qu'elle se trouvait aux prises avec deux fils électriques également nus.

— Rhabille-toi, salope! brailla Samuels.

Sans cesser de se bagarrer furieusement avec ses fils nus, elle brailla en réponse :

— J' suis une salope! J' suis une salope! Oh! oui, j' suis une salope!

— T'es une traînée! hurla Samuels.

— Une traînée! J' suis une traînée! Oh! oui, j' suis une traînée!

— Je vais divorcer, putain!

— Divorce, mais divorce donc! J' suis une putain!

— Je me tuerai! gueula Samuels, ivre de rage. Je me jetterai à la rivière!

— Tue-toi donc! cria-t-elle. Va te jeter à la rivière!

Samuels s'arracha à l'étreinte de Riddick et se précipita dehors.

— Miséricorde! rugit Riddick en s'élançant à sa suite, dans l'espoir de le rattraper.

Dès qu'il fut sorti de l'appartement de Lucy Pitt, le professeur Samuels dévala les trois étages et s'engagea dans la 10e Rue Ouest de Greenwich Village. Le jour allait poindre. Des lève-tôt du quartier eurent la fugitive vision d'un Blanc nu, galopant le long de la rue et poursuivi par un Noir également nu. Ils rentrèrent précipitamment chez eux et bouclèrent leur porte, persuadés que les Africains avaient envahi leur pays.

Le Blanc nu passa sous le viaduc, en direction de la rivière Hudson, le Noir nu toujours sur ses talons. Les deux hommes nus dépassèrent un camion à remorque, et puis un autre et un autre. Ils dépassèrent un dock de déchargement et puis un autre et un autre. Mais, le Blanc nu n'arrivait pas à se rapprocher suffisamment de l'eau pour s'y jeter. Quant au Noir nu, il n'arrivait pas à gagner l'autre de vitesse, pour le rattraper, le stopper et le sauver au cas où il atteindrait le bord de l'eau.

Un clochard de la Bowery, ancien professeur de Mythologie grecque dans une université très huppée, qui avait, cette nuit-là, tout en flânant, traversé la rivière et s'était allongé sur le trottoir, dormant à petits coups, releva par hasard la tête pour voir les coureurs nus au pied agile contourner les murs de Troie : « Tiens, il a pris un coup de soleil, Achille ! » s'exclama-t-il d'une voix grêle.

Peu après, deux camionneurs grecs, répondant aux noms d'Ulysse et d'Agamemnon, qui sortaient de l'estanco ouvert la nuit, géré par un nommé Priam, attrapèrent les coureurs et appelèrent la police.

Ceci pour nous démontrer que le préjugé figure en huitième position dans la liste des péchés capitaux.

Et pourtant, quelquefois, ça paye, le préjugé.

***

En voici un exemple : le jeune romancier noir d'avant-garde, Lorenzo Llewellyn, emmena l'élégant Maurice Gordey, amateur du bizarre, dans une maison de Brooklyn, où il y avait beaucoup d'hommes... chchut... tous habillés en femmes et qui... chchut... s'offraient une petite fête.

***

Mais, la plupart du temps, le préjugé ne paye pas. Ainsi, on aurait pu parier que Jonah Johnson allait obtenir une bourse, après avoir conduit le docteur Garrett, président de la Fondation Rothschild, de la 155e Rue jusqu'à l'hôtel Waldorf Astoria.

D'autant plus que Jonah avait parlé au docteur Garrett tout le long du chemin, à raison de trois cents mots à la minute, pour lui donner un compte rendu détaillé de l'ouvrage qu'il avait l'intention d'écrire. Un livre... euh... ah oui... ses mémoires de guerre.

— Hmmm, faisait le docteur Garrett de loin en loin, sortant, avec un sursaut, de son demi-sommeil. Hmmm...

Quand ils s'arrêtèrent à l'entrée de l'hôtel, Jonah demanda, plein d'espoir :

— Que pensez-vous d'un livre de ce genre, docteur Garrett?

— ... livre... fit en écho le docteur Garrett, légèrement pris au dépourvu. Oh! Ah... ça ne manque pas d'intérêt, je l'ai lu la semaine dernière, justement...

— Mais je ne l'ai pas encore écrit!

— Ah non? Faudrait vous y mettre, monsieur Jackson. N'attendez pas à demain...

— Johnson, monsieur, corrigea Jonah. Jonah Johnson. J'ai pensé qu'avec une bourse Rotschild...

— Mais oui, monsieur Johnson! Je me souviens de vous maintenant! D'ailleurs, les boursiers Rothschild, je ne les oublie jamais. Vous nous aviez fait un essai plein de promesses...

Le portier du Waldorf Astoria s'élança au secours du docteur Garrett et le fit disparaître dans les profondeurs de l'hôtel.

Jonah reprit le volant, exécuta un demi-tour et rentra à son appartement, au deuxième étage d'un immeuble sans ascenseur, de la 139e Rue. Sa femme au teint clair et au cœur aimant lui demanda avec mauvaise humeur où il avait traîné toute la nuit. Elle avait déjà un coquard à l'œil. Jonah s'empressa de lui en coller un autre.

*
* *

Dans l'appartement de Mamie, Joe demandait :

— Et Jules, qu'est-ce qu'il est devenu? Il est sorti avec Art?

— Non, il est allé accompagner Fay Corson, répondit Mamie.

— Oh! (Joe eut un petit rire plein de sous-entendus.) Jules, il croit qu'une Blanche vaut deux Noires!

— Ton frère, il cherche à se rendre compte si c'est bien vrai!

Elle faisait allusion à une bonne histoire que Joe lui avait racontée un jour : un paysan noir arrive d'une lointaine province du sud dans le quartier nègre de Chicago. Il arrête le premier passant noir qu'il rencontre et lui fait : « C'est bien vrai, gars? C'est vrai qu'on peut s'envoyer des femmes blanches dans le coin? »

*
* *

Fay vivait dans un appartement de sept pièces, au septième étage d'un immeuble très cossu, non loin de Park Avenue.

— Que faites-vous, Julius? demanda-t-elle.

— Je me fais surtout de la bile.

— Eh bien, pour le moment, tâchez de penser à autre chose, dit-elle avec impatience.

Ils ne se tracassèrent donc plus. Et, pendant qu'ils s'occupaient à ne pas se tracasser, elle décrocha le téléphone sur la table de chevet et composa un numéro.

« Kathy, à l'appareil... Et vous, qui êtes-vous? » fit une voix méprisante à l'autre bout du fil.

— Ça ne te regarde pas, morue! Je veux parler à Will.

Le récepteur, au bout de la ligne, fit : « Bang ! »

Fay recomposa le numéro.

Cette fois, ce fut une voix d'homme :

« Fay? »

— Tu es abject, dit Fay.

« Où es-tu? »

— Tu es ignoble.

« Tu es encore chez Mamie? »

— En d'autres termes, tu me débectes.

« Qu'est-ce que tu fais? »

— Qu'est-ce que tu crois?

« Ah ! *ça!* »

— Oui, *ça!* Et toi, qu'est-ce que tu fais, macaque?

« La même chose ! »

Elle raccrocha d'un geste violent, repoussa Julius et se précipita dans la salle de bains. Julius entendit l'eau couler. Il songeait : « Plus la poule perche haut, moins elle couve. »

*
* *

Art Willis fut emmené par Brown Sugar, qui s'appelait, en fait, Mme Lilian Davis Burroughs et était, dans la vie privée, épouse d'un financier de Harlem. Elle déclara à Art qu'il n'y avait pas de mal à ça et, de plus, elle avait à la porte sa grosse Buick luisante. Brown Sugar était un beau brin de fille — bien en chair, bien en sève, le cheveu bouclé, l'œil ouvert, toute lisse, toute brune, toute voluptueuse. Comme de bien entendu, Art la crut. Elle rangea sa voiture devant une maison de brique de deux étages, dans Fish Avenue, quartier du Bronx, et lui expliqua modestement que c'est là qu'elle vivait avec son mari. Au point où il en était, Art ne se montra pas plus ému qu'elle.

Ils s'installèrent sur le sofa de la pièce de séjour et s'adonnèrent à des jeux de mains.

— Maintenant, déshabillez-vous ! dit-elle.

Chevaleresque, Art se dévêtit.

— Vous aussi, dit-il.

Elle se dévêtit. Ils étaient maintenant tous les deux dans l'appareil le plus simple. Il contempla la capiteuse et pulpeuse nudité de sa partenaire. Cette femme semblait sur le point d'éclater sous sa peau tendue de cuivre poli et il comprit qu'il fallait qu'il fasse rapidement quelque chose pour éviter la catastrophe. Mais Brown Sugar dédaigna ses bons offices.

— Vous ne craignez pas le scandale?

— Quel scandale?

— Je vais hurler quand vous serez à point.

— Comment ça, à point?

— A point. Pour que Handsome puisse descendre et nous surprendre.

— Qui c'est, Handsome?

— Mon mari, tiens ! Qui voulez-vous qui descende pour nous trouver là?

— Je donne ma langue au chat ! Dites-le, vous !

— Je vous le dis !

— Mais qu'est-ce qu'il va faire, votre mari, quand il sera descendu et qu'il nous aura trouvés dans cet état-là ?

— Oh ! il ne fera pas d'histoires, vous savez, rien de violent, en tout cas. C'est un lâche.

— Si j'ai bien compris, votre mari, en entendant votre hurlement, va descendre à toute vitesse, il nous découvrira, comme on est là, et il ne fera pas d'histoires?

— Bien sûr que non ! Il lui suffira d'un seul coup d'œil pour se rendre compte de ce qui se passe.

— Et qu'est-ce qui se passera, à part que je vais me

faire arracher la tête, si je puis me permettre de vous le demander?

— Voyons, ne soyez pas bête! Nous allons faire l'amour!

— Mais, alors, pourquoi hurler?

— Pour qu'il descende et nous découvre. Autrement, il est fichu de rester dans sa chambre à dormir et on aura fait tout ça pour rien.

— J'ai compris! Vous voulez qu'il descende, qu'il nous trouve ainsi, et qu'il y ait un beau scandale. Vous aimez à ce point le scandale?

— Je vous en supplie, ne jouez pas les naïfs. Le scandale, je ne l'aime pas plus que vous, mais on ne peut pas l'éviter.

— J'ai l'impression que ce serait facilement évitable. Il suffirait que vous vous teniez tranquille et que vous vous absteniez de pousser des hurlements.

— Mais comment voulez-vous le faire descendre autrement pour qu'il nous surprenne comme on est là? Vous ne connaissez pas Handsome?

— Et, qui plus est, je ne tiens pas à le connaître.

— Il ne songerait même pas à demander le divorce, si vous ne le forciez pas!

Art eut soudain l'impression d'être tombé par mégarde dans un baquet d'eau glacée.

— Attendez, qu'on mette ça au clair... commença-t-il.

Mais elle l'interrompit :

— Ce n'est d'ailleurs pas à lui que je pense...

— Ne me dites pas qu'ils vont être plusieurs...

— Je sais que vous vous débrouillerez très bien avec lui. C'est à votre femme que je pense... Vous croyez pouvoir l'amener à demander le divorce?

Il eut un dernier regard de regret à cette chair mûre, couleur d'octobre, si bêtement gâchée, et songea :

« Cette femme est folle à lier. » Sans plus attendre, il enfila ses vêtements à une vitesse grand V, et fila.

Pour un séducteur par vocation, il fut étonnamment heureux de rentrer chez lui, dans son appartement, où sa petite femme aimante l'attendait avec la nouvelle :

— Chéri, elle a recommencé!

Mais, après son expérience nocturne, il en avait par-dessus la tête des propos sibyllins énoncés par les personnes du sexe.

— Explique-toi, dit-il avec impatience. Qui a recommencé quoi?

— Ta fille, mon chéri. Qui veux-tu que ce soit?

— Je ne peux pas le deviner. Alors, qu'est-ce qu'elle a encore fait, ma fille?

— Eh bien, je te jure qu'elle a dû hériter ça de toi. Car, dans ma famille, personne n'a jamais fait quelque chose de semblable!

— Semblable à quoi?

— Je viens de te le dire. Elle a encore jeté le chat par la fenêtre.

— Parce que tu connais quelqu'un, dans ma famille, qui a balancé un chat par la fenêtre?

— Pour les autres, je ne sais pas. Mais ta fille l'a bel et bien fait. Deux fois!

Quinze jours plus tôt, la fille d'Art, l'angélique petite Marilyn, âgée de huit ans, s'était prise d'amitié pour un vieux chat de gouttière galeux qu'elle avait trouvé dans la rue. Elle l'avait monté à l'appartement du troisième étage et l'avait lavé dans la baignoire, si bien que sa mère avait dû appeler un médecin pour soigner ses égratignures. La fillette avait néanmoins nourri et cajolé le chat, mais, peu à peu, celui-ci devint ingrat et indifférent, comme tous les chats bien nourris. Alors, Marilyn avait attrapé ce chat ingrat et l'avait flanqué, par la fenêtre du troisième étage, à la rue qu'il n'aurait jamais dû quitter. Le chat se cassa deux pattes dans l'aventure. Et la mère de Marilyn dut emmener l'animal chez le vétérinaire, qui lui demanda vingt-cinq dollars pour réduire les fractures et mettre les pattes en plâtre. Au cours de la dernière semaine, le chat avait donc vécu, dans l'appartement, une vie de grand invalide. Aussi Art fut-il bien soulagé d'apprendre que sa petite fille avait eu ce geste bien inspiré.

— Tu l'as fait enlever par la Société Protectrice des Animaux?

Évidemment, il parlait du corps.

— Tu n'y penses pas! répondit Mme Willis, indignée. Tu ne veux pas qu'on sache, tout de même, que ta fille a hérité des instincts aussi pervers?

— C'est arrivé quand, tout ça?

— A une heure, ce matin, pendant que tu faisais le joli-cœur chez Mamie Mason.

— Oh! après tout, tu n'avais qu'à le laisser où il était.

— Pour l'entendre miauler à fendre l'âme?

— Quoi? Dois-je comprendre qu'il n'est pas crevé?

— Bien sûr qu'il n'est pas mort. Ces chats-là, ça ne crève jamais.

— Mais alors, qu'est-ce que t'en as fait?

— J'ai appelé le vétérinaire.

— Le vétérinaire? A deux heures du matin? Bon sang, qu'est-ce qu'il t'a demandé?

— Mais, comme l'autre fois : vingt-cinq dollars. C'est encore les mêmes pattes qui ont été cassées.

— Femme, tu ne vas pas me dire tout tranquillement que t'as encore déboursé vingt-cinq dollars pour ce matou? Il serait donc encore là, dans ma maison, à jouer les convalescents?

— Je sais que c'est pénible, chéri. Mais il s'agit de *ta* fille.

— De *ma* fille !

— Mais que voulais-tu que je fasse?

— Tu aurais pu appeler une ambulance, pour vous faire conduire à l'asile de fous, tous tant que vous êtes ! cria-t-il avec humeur.

— Je crois que vraiment ça t'aurait bien arrangé ! fit-elle, toute hérissée.

— Arrangé ! brailla-t-il.

Mais il se refusa à épiloguer davantage, disparut dans la cuisine et vida le quart de whisky de maïs qu'il avait gardé pour une occasion dramatique.

***

Moe, comme son copain Joe, était un homme d'intérieur. Mais le malheur avait voulu que sa femme Evie fût partie à Baltimore rendre visite à sa famille. Néanmoins, en sortant de chez Mamie, il rentra tout droit chez lui.

En fait, Moe essayait d'attraper un rat. Évidemment, Evie étant absente, on penserait plutôt qu'il guettait une souris. Mais non, la bête qu'il voulait attraper était bel et bien un rat, sauf que Moe n'était pas très sûr si c'était un rat humain ou un rat ratier. C'était, en tout cas, un rat affamé, car, depuis un bout de temps, il volait de la nourriture chez les Miller.

Les Miller habitaient dans un petit bungalow pittoresque, d'un seul étage, à Brooklyn. Quand leurs provisions commencèrent à disparaître, ils songèrent d'abord, étant donné le quartier, qu'il s'agissait d'un rat bipède. Des pains entiers, des sacs de pommes de terre, des compotiers de fruits, des poches de noix se volatilisaient. Ils avaient porté plainte à la police et bouclaient soigneusement portes et fenêtres. Mais les provisions disparaissaient toujours. Alors, Moe se mit à disposer des pièges à rats aux points stratégiques. Les premiers pièges, des engins ordinaires à ressort, disparurent aussi. Il acheta donc les pièges les plus ingénieux et les plus divers. Mais ceux-là ne furent pas touchés et les provisions continuaient de disparaître. Du coup, Moe acheta un piège à ours, l'appâta avec une livre du meilleur fromage qu'il put trouver dans le commerce et enchaîna le piège à la canalisation d'eau froide. Mais le seul gibier qui s'y laissa prendre, ce fut Moe lui-même, un jour qu'alerté par un bruit il se précipitait à la cuisine, oubliant l'engin qu'il y avait dressé. D'abord, il crut que le rat l'avait attrapé. Et, à sa morsure, il se dit que ce rat était gros comme un danois. Il lutta contre le rat avec une telle énergie et poussa des appels si déchirants, qu'il ameuta tout le quartier et que les voitures de police arrivèrent de tous les azimuths dans une clameur de sirènes.

Pendant une bonne semaine, Moe fut incapable de marcher et, après ça, il renonça aux pièges. Il décida de tuer le rat avec une arme à feu. Il allait l'abattre de sang-froid, lui faire sauter la cervelle, à ce salopard! Il acheta donc un fusil de chasse à deux coups, calibre 12, et passa ses nuits à l'affût. Mais le rat ne venait jamais quand il était attendu. On s'en doute. Il était bien trop malin. Il ne venait piller le garde-manger que lorsque, terrassé par le sommeil, Moe allait se coucher.

Evie était à ce point énervée d'entendre rôder Moe dans la maison noire, avec son fusil chargé, qu'elle menaça de le quitter. Il dut se résigner à un compromis, en promettant à Evie de ne charger son arme que lorsqu'il verrait le rat devant lui. Une nuit, il s'installa dans la cuisine obscure, avec les deux cartouches sur la table, à portée de la main, et le fusil en travers du genou, attendant l'apparition du rat. Mais il s'assoupit et, pendant qu'il dormait, le rat s'amena et lui vola les deux cartouches. Dès le lendemain, Moe se défit du fusil. Il craignait que le rat ne lui vole l'arme et ne le tue, puisque, déjà, il avait les cartouches.

A la place, il acheta un couteau de chasse d'aspect meurtrier, tranchant comme un rasoir. Il ne souhaitait qu'une chose, rencontrer le rat face à face. Ce serait un combat, homme contre rat, au finish. Et il allait lui découper le cœur, à ce rat.

Quand il rentra chez lui, après la soirée de Mamie Mason, son souhait, enfin, se réalisa. Après avoir ôté ses chaussures, il pénétra dans la maison sans bruit, comme un Indien. Sur la pointe des pieds, il monta chercher son couteau; sur la pointe des pieds il redescendit et, brusquement, rabattit l'interrupteur de la cuisine.

Et là, au beau milieu du lino bien astiqué, qui recouvrait le sol, Moe vit un œuf de poule. Il battit des paupières et pivota sur lui-même. Et là, au sommet des marches qui menaient au sous-sol, il vit un autre œuf de poule. Moe se retourna vers l'étagère. Un grand sac de papier brun y était posé. Moe regarda dans le sac. Il était vide.

Avant d'aller à la soirée de Mamie, Moe était passé chez lui, le temps de poser sur l'étagère une demi-douzaine d'œufs, une livre de beurre et un pain, pour son petit déjeuner du lendemain. Rien ne restait de ces provisions que le sac vide qui avait contenu les œufs. Ce que Moe ne comprenait pas, c'était comment le rat avait sorti les œufs du sac sans le renverser. Cette énigme le tracassait.

Il alluma la lumière du sous-sol, se mit à descendre et aperçut encore un œuf sur une marche du milieu et un autre sur la marche du bas. Dans le sous-sol, au centre de la pièce, se trouvait la livre de beurre, dont un bout avait été entamé. Dans un coin, il y avait le vieux coffre à charbon qui ne servait plus, depuis que les Miller avaient installé une chaudière à mazout. Moe remarqua un trou assez gros dans le bas de la porte en toile métallique. Et, juste devant le trou, se trouvait un autre œuf.

Moe ouvrit le coffre. Il reconnut, à l'intérieur, son pain, dont un coin avait été rongé. De toute évidence, le rat préférait aux œufs les tartines de beurre, car il y avait encore un œuf près de la grande caisse, où Moe gardait du petit bois et du papier. Mais le couvercle de la caisse était fermé.

Moe souleva le couvercle. La caisse était remplie de victuailles jusqu'à ras bord. Il y avait un trou au fond de la caisse. Mais, à l'intérieur, le rat avait aménagé des compartiments bien nets — l'un était réservé aux œufs, un autre aux oranges, un autre à la viande fumée, un autre aux noix et un autre encore à des articles divers : clous en tous genres, vis, bouteilles d'encre, parfum, rouge à lèvres, livres, magazines de bandes dessinées, chiffons. cigarettes. Plus une pipe et une vieille paire de pantoufles, Moe se rendit compte tout de suite que le rat avait le goût du confort, mais il n'approuva guère ses lectures. Il remarqua aussi une boîte de tampax et quelques préservatifs et se demanda avec qui le rat s'envoyait ainsi en l'air.

Il inspecta le coffre à charbon et tous les recoins du sous-sol, mais ne vit pas trace du rat. Il retourna à la cuisine, bien décidé à fouiller toute la maison, pièce par pièce. Mais, à peine était-il parvenu à la cuisine que le rat bondit de dessous la table, cherchant à gagner l'escalier du sous-sol. Moe, d'un coup de pied, le renvoya dans la pièce et claqua la porte. Le rat se dressa sur ses pattes de derrière et lui montra les dents. Moe n'était pas rassuré. Le rat était gros comme un chat, mais beaucoup plus long. Son corps était couvert d'un poil gris et pelé, mais sa queue, dépourvue de poils, ressemblait à une racine de légumineuse. Ce qui affola surtout Moe, c'était la longueur de ses dents.

Moe saisit le balai de la main gauche et pointa le couteau de la main droite. Il voulut frapper le rat avec le balai, mais le rat esquiva et, une fois de plus, tenta de passer. Moe voulut le prendre à revers. Le rat recula lentement. Moe s'avança à pas prudents. Le rat chercha une issue, mais se rendit compte qu'il était acculé dans un coin. Rat-tatiné ! De nouveau, il se dressa sur ses pattes de derrière, avec des grondements menaçants. Moe le pilonna avec le balai. Le rat mordit le balai et l'arracha à Moe. Moe se jeta sur le balai. Le rat se jeta sur Moe. Moe fit un bond en arrière et lança son couteau sur le rat. Le couteau manqua le rat, rebondit sur le mur et tomba à terre. Le rat plongea sur le couteau et l'attrapa par le manche. Puis il se rua sur Moe, le couteau entre les dents. Moe sauta sur la table, le rat fit au galop le tour de la table, puis se mit à bondir, cherchant à lacérer la jambe de Moe. D'un seul élan, Moe quitta la table et atterrit dans l'évier. Le rat tenta d'y sauter aussi. D'un bond, Moe quitta l'évier et atterrit sur le fourneau. Le rat sauta sur l'évier et Moe sauta à terre. Quand le rat descendit à son tour, le couteau lui échappa. Il s'élança pour le récupérer et Moe fonça vers la porte. Il y parvint, l'ouvrit et se précipita hors de la maison.

Secoué et épuisé, il alla au commissariat de police, où il raconta l'incident du rat, puis envoya à sa femme Evie le télégramme suivant :

Pour l'amour du ciel reviens pas - Stop - Rat volé couteau - Stop - S'est emparé maison - Stop - Je quitte New York jusqu'à capture rat - Stop - Attends-moi train douze heures dix.

Et voilà pour Moe.

***

Passons maintenant à Joe.

Joe jeta un coup d'œil à la petite chambre où Bacchus dormait sous l'apparence d'Eddy Schooley. Tout semblait calme sur le sommet de l'Olympe. En fait, Bacchus, grâce à ses ronflements sonores, avait fait le vide dans la demeure des dieux.

Joe retourna à sa propre chambre et se déshabilla. Mamie rejoignit Joe, le regarda et éclata de rire.

Joe eut un sourire malin.

Mamie ôta ses vêtements.

Joe se mit à... ouille, ouille, ouille!... Ils avaient fermé la porte.

CHAPITRE III

Mamie débrancha le téléphone dans la petite chambre et le rebrancha à la cuisine. Elle composa un numéro dont l'indicatif était *Chelsea*, et demanda Wallace Wright.

Il faut dire que le téléphone personnel de Wallace Wright avait pour indicatif *Audubon* et, à son bureau, son numéro dépendait de la centrale de *Murray Hill*. Quant au numéro de Chelsea que Mamie avait formé, il était celui d'une divorcée de race blanche, très distinguée et d'âge moyen, qui habitait dans la 23e Rue Ouest.

« Wallace Wright? (La voix basse et un peu rauque était consternée.) C'est vous, Mamie, n'est-ce pas? »

— Oui, mon chou. Wallace a oublié son porte-document en quittant ma réunion et j'ai trouvé dedans une lettre de Jim Stone...

« Jim Stone? Qui est-ce? »

— Il est au Comité Central du Parti Communiste. Voyons, il ne vous raconte pas ces choses-là, Wallace? (Elle s'interrompit pour prêter l'oreille aux chuchotements, à l'autre bout du fil.) Qu'est-ce qu'il a dit, mon chou?

« Vous êtes mauvaise langue, Mamie. Vous savez fort bien que M. Wright... »

— Appelez-le donc Wallace, mon chou. Au moins quand vous êtes au lit ensemble !

« M. Wright n'est pas dans mon... »

Mamie raccrocha. Son seul regret, c'était de ne pas voir M. Wright sortir du lit en toute hâte. Car Mamie ne pouvait savoir qu'au moment où elle raccrochait, M. Wright était déjà sorti du lit et à moitié habillé.

— Il vaut mieux que je me sauve, chérie. Il vaut mieux, c'est plus raisonnable, marmonnait-il.

La dame, dont quelques instants plus tôt il avait partagé la couche, voulut le persuader qu'il n'avait aucune raison de partir, qu'elle n'avait pas peur de Mamie Mason. Mais, quand elle se retourna, elle s'aperçut que M. Wright l'avait déjà quittée, ou tout comme...

— Je sais, chérie. Appelle-moi dès que tu pourras.

Mamie aurait volontiers donné ensuite un coup de fil à Juanita pour l'informer où était allé Wallace. Mais, comme Mamie et Juanita ne se parlaient pas, Juanita aurait été trop contente que Mamie ouvre le feu. Au lieu de cela, Mamie descendit un étage pour demander à sa meilleure amie, Patty Pearson (qui était également la meilleure amie de Juanita) d'appeler Juanita et de lui raconter que Mamie venait à l'instant de téléphoner et qu'elle avait surpris Wallace au lit avec celle-que-tu-sais.

Patty n'avait pas assisté à la réception de Mamie, car, elle aussi, avait réuni des amis. Mais, maintenant, le jour nouveau se levait et Patty était seule.

— Viens à la cuisine et raconte, dit Patty.

— Qu'est-ce que t'as, qui cuit sur le feu, ma douce?

— Je fais frire un peu de porc salé pour aller avec mes galettes. Tu veux des œufs brouillés avec les tiennes?

— Tu sais que j'ai mon régime, trésor.

— Je sais, mon chou. Mais tu peux quand même manger un pied de porc froid, en attendant.

— Tu t'es bien amusée, ma douce? demanda Mamie, la bouche pleine.

— Je l'ai littéralement époustouflé, mon chou. Et ta soirée, ça a été?

— Formidable, ma douce. Schooley a même suffisamment récupéré pour danser à poil.

— J'espère qu'il n'a rien perdu, à force!

— Non, ma douce. Tout est en place. Tu le retrouveras tel que tu l'as laissé.

Patty haussa les sourcils :

— Faut-il qu'il ait été saoul!

Mamie éclata de rire et repartit sur une autre histoire.

— Attends, mon chou, dit Patty. Je fais mes œufs et je suis à toi.

— T'aurais pas de l'huile de paraffine, ma douce?

— A la salle de bains.

Quand Mamie revint après avoir avalé un demi-verre d'huile de parafine, le banquet était servi.

— Je pense que Dora Steele s'est enlevé Jules, dit Patty.

— Elle n'a pas pu venir. Jimmy a attrapé une indigestion de tous les diables!

— Quand tu as dit « Jimmy a attrapé », j'ai pensé, moi...

— Tu sais que Jimmy fait terriblement attention. A le voir, on pourrait croire que les femmes sont imbibées de vitriol!

— Quand même! Une indigestion!

— Quelque chose qui n'a pas passé...

Elles échangèrent des regards entendus et, sournoises, pouffèrent dans leur assiette.

— Qui s'est enlevé Jules, chou?

— Fay.

— Ah! celle-là! Ça m'étonnerait qu'il trouve le filon.

— Il ne prospecte pas, ma douce, il pêche au coup.

— C'est quand, mon tour de me faire attraper?

— Bientôt, ma douce. Continue à frétiller de la queue et ça viendra.

— Wallace a été content, mon chou?

— Ravi, ma douce. Je voudrais justement que tu appelles Juanita pour moi.

— Avec plaisir. Qu'est-ce que je lui dis?

Et voilà comment la chose s'amorça. Ça réussit si bien qu'elles retournèrent à la cuisine et vidèrent un demi-litre de rhum pour fêter leur succès.

Mais pourquoi Mamie s'était-elle donné tant de mal pour tracasser Wallace? Tout simplement parce que jamais il n'avait amené Juanita à ses réceptions. Toujours il venait seul, comme si Mamie avait été sous-broche dans un bordel. Elle se considérait insultée.

***

Art avait la gueule de bois et, du même coup, beaucoup de remords d'avoir été infidèle à son adorable petite femme, Debbie. Tout ce qu'il souhaitait, c'était de s'endormir et de se débarrasser de ces deux fardeaux. Mais, après sa nuit agitée avec le chat, Debbie avait un grand besoin d'affection. Et, pendant qu'Art s'acquittait de ses devoirs conjugaux, pressé d'en finir pour pouvoir enfin se reposer, la petite Marilyn, sa fille, entra dans la chambre et demanda à ses parents s'ils allaient prendre un bain tout de suite. Et que peut-on répondre à une enfant dans une pareille situation? A moins qu'on ne soit sur le point de prendre un bain, qu'est-ce qu'on peut bien faire sur un lit dans le plus simple appareil? Ils étaient donc tout prêts à prendre leur bain. « Chic alors, dit Marilyn. Je vais faire couler l'eau. »

Force fut donc à Art de se tirer du lit et de se plonger dans son bain. Là-dessus, Debbie déclare que, puisqu'il était levé, autant qu'il prenne le petit déjeuner en famille. Après tout, c'est la moindre des choses que Marilyn voie son père de temps en temps, avant de partir à l'école.

Force fut donc à Art d'assister au petit déjeuner, jusqu'au départ de sa fille pour l'école. Une fois Marilyn partie, Debbie crut bon de reprendre leurs exercices où ils les avaient laissés.

Eh bien, à peine Art s'était-il acquitté avec succès de sa tâche, et qu'il avait, avec un long bâillement, tiré les couvertures sur sa tête, que le chat aux pattes cassées se mit à miauler. Le chat avait voulu sortir de son panier et il s'était trouvé coincé. Mais Debbie avait peur de le toucher.

Force fut donc à Art de se relever pour remettre le chat dans son panier. De toute évidence, la façon de faire d'Art ne convenait pas au chat, qui lui laissa quelques vilaines traces de griffes aux mains et aux poignets. Art était en train de badigeonner ses égratignures à la teinture d'iode, en grinçant des dents à chaque miaulement du chat, quand Debbie entra dans la salle de bains pour lui dire qu'il avait sûrement abîmé une des pattes plâtrées et qu'il fallait porter le chat à la clinique vétérinaire afin de faire examiner, une fois de plus, les fractures.

Ce fut la goutte d'eau... Art résolut de fuir. Mais où aller? Et, soudain, il se rappela Brown Sugar. C'est auprès d'elle qu'il irait. Elle avait peut-être un mari lâche, mais au moins pas de chats plâtrés.

Aussi, lorsqu'il eut fini de s'habiller pour emmener le chat à la clinique, mit-il dans sa poche de quoi écrire et, une fois l'animal déposé chez le vétérinaire, il s'en fut au bureau de poste et écrivit une lettre à Brown Sugar :

Mon aimée,

Je suis très désireux de vous épouser, à condition que votre mari ne miaule pas. J'ai grand besoin de dormir.

Avec tout mon amour.

ART.

Mais, quand il voulut libeller l'enveloppe, il s'aperçut que non seulement il ne connaissait pas son adresse, mais qu'il ne se rappelait même pas son nom. Il porta donc sur l'enveloppe :

Madame Brown Sugar
Aux bons soins de Madame Mamie Mason
409, Edgecombe Drove
Manhattan, N.Y.

***

Mamie ouvrait et lisait toutes les lettres confiées à ses bons soins. Comment pouvait-elle, en effet, prodiguer ses bons soins à une lettre sans savoir quels soins elle exigeait?

Mais aucune lettre adressée à ses bons soins ne lui fut jamais aussi agréable que celle d'Art. Mamie attendait une occasion de demander à Art un certain service et cette lettre à Brown Sugar lui faisait pressentir la joie qu'il aurait à lui rendre le service en question. Art avait, en effet, décidé de publier un long reportage avec photos sur Wallace Wright, dans le premier numéro du magazine illustré qu'il allait diriger, aussitôt que les fonds nécessaires à sa publication seraient réunis. Et cette demande en mariage adressée à Brown Sugar n'allait pas manquer de le convaincre à quel point cette initiative était injuste. Pourquoi faire profiter Wallace Wright de la publicité offerte par les amis de Mamie, alors qu'il ne daignait même pas amener sa femme aux réceptions de la même Mamie? De plus, il avait confié la rédaction de l'article à Julius, le propre beau-frère de Mamie qui serait, de ce fait, obligé d'aller chez les Wright et de faire faire des photos de cette femme. Tout cela était abominablement injuste. En somme, Art ne pouvait faire moins que d'annuler l'article en question et d'en publier un sur Mamie à la place.

Cependant, Art avait été lui aussi assailli toute la journée par l'idée de l'injustice. Il travaillait comme un bœuf pour faire vivre sa femme et son enfant et payer le loyer de l'appartement — d'un appartement où il ne pouvait même pas dormir tranquille. Il ne lui restait qu'une seule issue : se saouler. Mais comment pouvait-il se saouler, nom d'un chien, sans compagnon de cuite?

Il téléphona donc à Julius et l'invita à déjeuner. Julius venait de rentrer et s'apprêtait à virer Schooley de son lit.

« J'ai sommeil, se plaignit Julius. Je veux me coucher. »

— Tu ne vas pas te coucher quand, moi, je ne peux pas dormir.

« Si t'as sommeil, je me demande bien pourquoi tu ne dors pas. »

— Je n'ai pas un coin pour dormir.

« Qu'est-ce qui t'empêche d'aller dormir chez toi? »

— Je suis parti de chez moi!

Julius comprit que l'affaire était grave et promit de retrouver Art, dans une demi-heure, à l'auberge du Petit Paradis, au coin de la 7e Avenue et de la 135e Rue.

Il vit Art, attablé dans un box, en conversation avec un grand homme noir, de belle mine.

— Vous vous connaissez, tous les deux, je vois, dit Julius.

— Non, dit le grand Noir, nous n'avons pas été présentés.

— Voici Art, dit Julius. Il va être mon patron. Et vous, vous vous appelez comment?

— Handsome (1), dit l'homme noir.

Handsome et Art échangèrent une poignée de main.

— C'est quoi, votre nom? demanda Handsome.

— Appelez-moi Jules, allez, dit Julius.

— Art m'annonce son prochain mariage, dit Handsome.

— Il est déjà marié, dit Julius.

— Il va se remarier.

— Ah? Avec qui? demanda Julius à Art.

— Avec une femme qui est la femme entre toutes les femmes! s'exclama Art.

— Je m'en doute. Mais elle s'appelle comment?

— Pour être franc, j'ai oublié!

— Mais alors, comment savez-vous qu'elle est d'accord pour vous épouser, si vous ne savez même pas qui elle est?

— Elle me l'a dit. J'ai été chez elle.

— Explique-moi au moins de quoi elle a l'air, si tu ne sais pas son nom!

— C'est une grande belle personne, dit Art, tout bouleversé. Femme jusqu'au bout des ongles. On l'appelle Brown Sugar.

— Brown Sugar! s'exclama Handsome. Une grande, toute jaune et toute bouclée?

— Elle est bouclée, oui, mais je ne dirais pas qu'elle est jaune. D'accord, sa figure est plus claire que le reste. Mais son corps, il serait plutôt cuivré et... euh... ses cuisses d'un joli brun chaud, dirais-je. Vous la connaissez?

(1) Handsome : beau.

— C'est ma femme, déclara Handsome, indigné.

— Ah? (Art semblait légèrement ahuri.) Vous êtes donc son mari?

— Parfaitement, fit Handsome, agressif. Et si vous épousez ma femme, moi, j'épouse la vôtre.

— Vous ne pouvez pas épouser ma femme, elle n'est pas divorcée.

— Ah! Vous êtes comme ça, vous! Vous êtes d'accord pour épouser ma femme, mais pas d'accord pour que j'épouse la vôtre!

— C'est pas une question d'être d'accord ou pas d'accord. Vous ne le pouvez pas, c'est tout.

— Je sais ce que c'est. Vous avez des préjugés raciaux, accusa Handsome.

— J'ai pas de préjugés, protesta Art, mais ce n'est pas moi, non plus, qui ai fait les lois.

— Si j'étais Blanc, vous ne tiendriez pas ce langage, dit Handsome. Vous pouvez épouser ma femme, mais laissez-moi épouser la vôtre. C'est pas plus compliqué que ça! Mais comme je suis Noir, vous commencez à discuter de lois!

— Pour moi, c'est tout pareil, que vous soyez Blanc ou Noir, affirma Art.

— Et pour moi aussi, c'est pareil, que vous soyez Noir ou Blanc, rétorqua Handsome. Mais moi, je suis fair-play : donnant donnant... L'échange standard!

— Comment voulez-vous que je vous donne ma femme, alors qu'elle n'est même pas divorcée?

— Vous êtes tous les mêmes, vous autres Blancs, dit Handsome. Si les Noirs, ils ont quelque chose, vous le voulez, mais pour nous donner quelque chose en échange — plus souvent!

— Je ne veux rien de ce que vous avez! D'ailleurs, je sais, moi, ce qui ne va pas : quand vous autres Noirs vous n'obtenez pas tout ce que vous voulez, vous nous reprochez d'avoir des préjugés.

— Vous les avez, les préjugés, insista Handsome. Si vous n'en aviez pas, vous vous conduiriez comme un homme, au lieu de vous opposer au bonheur de votre femme, sous prétexte qu'elle veut épouser un Noir. Vous autres Blancs, avec vos préjugés, vous me faites penser à l'histoire du chien sur la botte de foin.

— Je n'ai pas plus de préjugés que vous. Vous n'admettez pas que votre femme épouse un Blanc, mais vous ne voyez pas d'inconvénient à épouser une Blanche, qui n'est même pas divorcée !

— C'est bien ce que je disais ! s'écria Handsome triomphant. Vous me mettez des bâtons dans les roues de quelque côté que je me tourne. Nous, tout ce qu'on demande, c'est de partir à chances égales. Et qu'est-ce que vous faites, les Blancs ? Je vous le demande, qu'est-ce que vous faites, les Blancs, avec tous vos préjugés ?

— Vous connaissez Mamie Mason ? demanda brusquement Art.

— Bien sûr que je connais Mamie Mason, répondit Handsome. Qu'est-ce qu'elle a à voir là-dedans ?

— Elle vous dira que je n'ai pas de préjugés.

Au lieu de déjeuner, ils remontèrent donc tous les trois la 7e Avenue vers Edgecombe Drive, pour entendre Mamie confirmer à Handsome qu'Art n'avait pas de préjugés.

Mais, chemin faisant, ils rencontrèrent Kathy Carter, secrétaire de John Mason, qui avait quitté le bureau de bonne heure pour prendre un peu de repos, elle aussi, et ils lui posèrent la question : Art avait-il ou non des préjugés ?

— Moi, quand je parle politique, j'aime bien que ça se passe autour d'un verre, déclara Kathy Carter.

Ils s'en furent donc vers le bar le plus proche.

— Et maintenant, pour ce qui est d'Art, dit-elle, perchée sur son haut tabouret et clignant des yeux vers lui, je crois, moi, qu'il faut avant tout que les Blancs et les gens de couleur apprennent à mieux se connaître.

— Comment voulez-vous qu'on se connaisse, avec les Blancs? D'abord, ils sont trop prévenus contre nous pour nous fréquenter! dit Handsome avec feu.

— Eh bien, c'est ce que je dis, justement, fit Kathy. Une fois qu'on est tous ensemble bien à l'aise, les Blancs ils oublient leurs préjugés.

— C'est bien ce que j'ai dit, intervint Art. J'en ai peut-être eu, des préjugés, mais maintenant je n'en ai plus.

— C'est bien ce que je dis, reprit Kathy. Une fois qu'on sait de quoi il retourne, il suffit qu'on se montre un peu sociable. Si vous voyez où je veux en venir... C'est comme les gens qui vous disent que les hommes de couleur sont formidables, eh bien, moi, j'ai connu des Blancs qui étaient capables de soulever une fille noire à un homme noir, comme ça! (Elle fit claquer ses doigts d'un geste éloquent.) Si vous voyez ce que je veux dire...

— Venons-en au fait — est-ce que vous seriez d'accord pour épouser un Blanc?

Kathy fit rouler ses yeux en guignant Art et déclara :

— Faut pas me le demander deux fois, parce que moi, je me l'embarque comme ça! (Elle fit claquer ses doigts derechef.)

Handsome semblait écœuré :

— C'est bien ce qu'on vous reproche, à vous autres, femmes de couleur! Les hommes noirs, ils sont pas assez bien pour vous. Et après, on s'étonne qu'il y ait des problèmes raciaux! Y a qu'à voir ma femme — elle veut épouser je ne sais quel Blanc...

— Vous, les hommes noirs, vous êtes jaloux, tout simplement, dit Kathy. Vous me faites mal au cœur. (Elle commençait à se sentir éméchée et claquait des doigts avec entrain.) Si j'avais le temps, je parie que je le résoudrais, le problème noir, à moi toute seule !

Art lui aurait bien proposé de commencer à le résoudre sans plus tarder, mais Handsome intervint : « Écoutez, je croyais qu'on allait discuter de tout ça chez Wallace Wright. »

Ils s'en allèrent donc tous les quatre chez Wallace Wright qui vivait au 555, Edgecombe Drive. Mais, comme ils traversaient la 145e Rue, ils tombèrent sur Eddy Schooley qui, traînant une gueule de bois et des idées noires, prétendait qu'il souffrait des troubles de la ménopause.

— Elle affecte les hommes autant que les femmes, précisa Schooley.

— Moi, pour parler sociologie, j'ai besoin de boire un verre, dit Kathy.

Et ils s'en furent vers le bar le plus proche.

Kathy commença :

— Évidemment, la ménopause, c'est comme quand on boit beaucoup d'alcool de mauvaise qualité.

— C'est pour ça que je suis toujours saoul, affirma Schooley.

Mais Kathy ajouta :

— Bien sûr, avec les femmes blanches, ils ont plus...

Art protesta :

— Il ne faut pas dire qu'ils ont plus de préjugés pour la seule raison que...

Handsome corrigea :

— Personne n'a jamais dit que les préjugés des Blancs augmentaient avec la ménopause. J'ai simplement dit que...

Tout à coup, un inconnu intervint dans la conversation pour déclarer :

— Messieurs-dames, je voudrais connaître votre opinion sur la question suivante : est-ce que c'est correct de sauter sur un type, de le dérouiller et de le laisser à moitié mort, pour la seule raison qu'il a voulu se supprimer?

— Ça me fait penser... s'écria Schooley. Je dois téléphoner à Lou.

Schooley appela Lou Reynolds, son directeur littéraire, et lui demanda de le rejoindre, sans délai, au bar.

— C'est très important, affirma-t-il, je ne peux vous expliquer ça par téléphone, mais ça se rapporte à mon prochain bouquin. Un problème de génétique. Qui, des Blancs ou des Noirs, est plus prédisposé au suicide?

Tout en attendant Lou, ils discutèrent si le pourcentage des candidats au suicide blancs était supérieur à celui des noirs.

— Les gens de couleur, ils se tuent avec l'alcool, déclara un autre inconnu. Vous avez qu'à voir ce qu'il y a comme bars à Harlem.

— Boire un verre de whisky, c'est planter un clou dans son cercueil, renchérit le premier inconnu.

Quand Lou arriva enfin, les cercueils des uns et des autres étaient tous solidement cloués.

— Nous voilà bien ! s'écria Lou. Ils sont tous saouls !

— Servez-lui un triple, qu'il nous rattrape ! dit Schooley.

Il aurait d'ailleurs été bien en peine de payer l'addition.

— On fait copain, c'est tout, expliqua Kathy. Venez, mettez-vous près de moi, de l'autre côté...

— Les vieux Blancs, ils ont plus de préjugés que les jeunes Blancs, déclara Handsome.

— D'abord, les gens, quand ils boivent, ils sont plus

compréhensifs, dit Kathy. On peut résoudre tout le problème noir si on a assez de whisky et qu'on en use avec discernement, si vous voyez ce que je veux dire...

— Moi, je vois ça d'un point de vue mathématique, dit Handsome, comme quand on fait une addition, par exemple... Y a une certaine quantité de préjugés qu'est répartie par personne et par année d'existence...

— C'est pas possible, interrompit Art. Le préjugé, c'est acquis.

— Ça vient de l'éducation, intervint le deuxième inconnu. Si personne, il savait rien, y aurait pas de préjugés.

— Ça s'incruste comme de la mousse sur l'écorce, dit Lou.

— De la mousse! fit Kathy en écho. C'est bien ce que je voulais dire : tout ça, ça vient des cheveux. Si les gens de couleur avaient le cheveu plat et les Blancs le cheveu crépu, on serait tous à égalité, d'après moi.

— Ce qu'on a de mieux à faire, c'est d'aller voir Willard B. Overton, si on veut en savoir plus long sur la question du préjugé, dit Handsome en descendant tant bien que mal de son tabouret. Sinon, je rentre.

Willard B. Overton habitait au coin d'Edgecombe Drive et de la 163e Rue, à huit blocs de chez Mamie Mason et à cinq blocs de chez Wallace Wright en remontant vers le nord. Ils suivirent donc le Drive d'un pas quelque peu incertain, cap au domicile de M. Overton. Mais, maintenant, trois inconnus s'étaient joints au groupe et tous discutaient des origines du préjugé.

— Y a un truc que les Blancs, ils reprochent aux gens de couleur, c'est qu' les gens de couleur, faut toujours qu'ils achètent de grosses Cadillac, alors qu'ils sont même pas fichus de payer leur loyer, affirma l'un des inconnus, en lorgnant d'un œil d'envie la grosse Cadillac verte qu'ils étaient en train de longer. Faut dire que moi, je m'en payerais plutôt une rouge, ajouta-t-il, décapotable.

Soudain, ils s'aperçurent qu'ils étaient arrivés à hauteur du nº 409. Entre-temps, tout le monde avait totalement oublié, aussi bien M. Overton que M. Wright.

— Eh bien, nous y voilà ! dit Art. Mamie doit juste être en train de se lever.

En fait, Mamie venait d'achever la lecture de la lettre d'Art à Brown Sugar, quand l'invasion eut lieu.

HARLEM, U.S.A.
UN SAOULOT, ÇA SE SAOULE

Comme de bien entendu, tout le monde était ouvert à toutes les suggestions, puisqu'il y avait du whisky à boire. Et, de plus, Joe était parti à Buffalo.

Mamie suggéra donc à Art de téléphoner au bureau de Wallace Wright. Il devait convaincre Wright de venir le retrouver, toutes affaires cessantes, chez Patty Pearson, à l'étage au-dessous, afin de discuter le projet d'article illustré pour le nouveau magazine.

Art trouva la suggestion excellente et téléphona promptement à Wallace. Mamie se tenait à son côté, en lui prêtant son appui moral et en lui soufflant, à l'occasion, les paroles qu'elle voulait lui faire dire.

— Il demande pourquoi il faut que ça se passe chez Patty Pearson, dit Art, en recouvrant le récepteur de sa main.

— Dites que vous vous trouvez justement chez elle et qu'il n'aura qu'à monter, en revenant après son travail, fit Mamie.

— C'est parce que je suis chez Patty justement, expliqua

Art à Wallace. On sera plus tranquille pour discuter... Vous pourriez y faire un saut, en rentrant de votre travail.

Wallace fut satisfait de l'explication.

— Parfait, Art, dit-il. J'y serai dans trois quarts d'heure.

— Oh ! Nous avons oublié Juanita ! s'exclama Mamie. Elle sera vexée !

— Je n'ai qu'à l'appeler et lui dire de venir aussi, proposa Art.

— Elle ne viendra pas, affirma Mamie. Elle ne peut pas sentir Patty.

— Bon, alors j'appelle Wallace et j'annule le rendez-vous.

— Non, n'annulez rien. On va régler tout ça pendant que vous avez les idées claires, dit Mamie. Voilà ce qu'on va faire... Vous allez passer chez Juanita, avant que Wallace arrive. C'est à quelques blocs d'ici.

Art se demandait si Mamie ne se faisait pas des idées quant à la clarté des siennes.

— Et pourquoi Julius, il n'irait pas la voir? C'est lui qui écrit l'article !

— Non, il faut que vous y alliez. Vous êtes le patron. J'enverrai Julius quand Wallace sera là, déclara Mamie.

Art y alla donc, mais il n'était plus très sûr d'être le patron.

Là-dessus, Mamie dit à Julius :

— Toi, occupe-toi de tes amis. J'ai une petite course à faire.

Elle descendit dare-dare chez Patty et la fit téléphoner à la bonne amie de Wallace Wright.

— Dis-lui qu'elle n'a qu'à venir te voir tout de suite, que tu lui donneras un tuyau pour m'empêcher de me mêler de ses affaires.

— Tu sais, je ne la connais pas. Tu crois qu'elle viendra?

— Elle viendra. T'en fais pas, affirma Mamie.

Elle avait raison. La dame arriva afin de ne pas mettre M. Wright dans l'embarras. Nous appellerons cette dame Peggy, bien que ce ne soit pas son vrai nom.

Peggy arriva deux minutes après Wallace et là, vraiment, ce fut la grosse surprise ! Quant à Patty, elle était obligée de se sauver pour un essayage chez sa couturière. Elle les laissa donc ensemble.

Mamie était depuis longtemps retournée à son propre appartement où elle donnait une petite fête improvisée et ignorait, évidemment, ce qui pouvait se passer dans l'appartement de Patty, un étage plus bas. Pour tout dire, Patty Pearson elle-même ignorait ce qui se passait dans son propre appartement, car à peine Peggy était-elle apparue qu'il lui fallut s'absenter un petit moment, pour ne pas manquer le rendez-vous avec sa couturière.

Mais le hasard voulut qu'en chemin elle fasse un saut chez Mamie pour lui emprunter un chapeau, qu'elle comptait mettre pour l'essayage et, comme la fête était bien avancée, elle ne put faire moins que de rester, le temps de boire un verre. Question de politesse. Elle n'eut qu'un regret, c'est que Julius partît au moment où elle arrivait. Il ne put même pas prendre le temps de lui dire bonjour gentiment, à la mode d'autrefois, parce que Mamie l'avait envoyé ventre à terre chercher Juanita et Art. Naturellement, Patty n'était absolument pas au courant de ce qui se tramait et, de toute façon, ça ne la regardait pas.

Pour ce qui était de Julius, il ne pensait qu'à son boulot. Il ramena Art et Juanita à l'appartement de Patty, afin qu'ils puissent tous y discuter de l'article — lui et Art et Juanita et Wallace — et mettre au point la façon dont il fallait traiter le sujet.

Cependant, Patty, revenue de chez sa couturière, était

en train de convaincre Wallace et Peggy, qui formaient un couple un peu inquiet, que son appartement était aussi sûr qu'une prison, quand, tout à coup, devinez qui arrive? La femme de Wallace, escortée d'Art et de Julius. Du coup, c'est Patty qui fut étonnée!

Bien entendu, Juanita se mit dans tous ses états. Elle tourna le dos au couple et voulut quitter les lieux sur-le-champ, mais Wallace, comme un imbécile, tenta de l'en empêcher.

— Ce n'est pas du tout ce que tu crois, dit-il, il y a une explication très simple!

C'était, peut-être, vrai, mais il eut le grand tort de ne pas donner son explication tout de suite, sans doute parce qu'il ne l'avait pas encore inventée.

— Tout ça, c'est une machination de Mamie Mason! déclara Peggy.

— C'est certain, renchérit Wallace.

— Je suis ici pour discuter d'un projet avec Mme Pearson, dit Peggy. Je n'ai jamais eu le plaisir de rencontrer M. Wright.

— Je commence à comprendre, fit Wallace. Arthur m'a donné rendez-vous ici, par téléphone, pour parler du travail. C'est exact, Arthur?

— Tout à fait, répondit Art. Justement, j'étais chez Mamie à ce moment-là. N'est-ce pas, Julius?

— Absolument, dit Julius. Mamie était là aussi.

Tout le monde choisit donc le meilleur parti, qui était de tout mettre sur le dos de Mamie et de tirer son épingle du jeu avec le maximum de naturel, d'autant plus que Mamie n'était pas là pour se défendre.

— Comme elle me hait, cette femme! s'exclama Juanita, disposée, semblait-il, à excuser, sinon à pardonner, et à se laisser raccompagner à la maison par Wallace.

Mais Wallace commit l'erreur de prendre congé de Peggy.

— Je croyais que tu ne la connaissais pas ! dit Juanita.

— Mais, chérie, je ne la connais pas.

— Alors, pourquoi lui dis-tu au revoir?

— Chérie, vraiment, tu me cherches des histoires. Je ne connais pas plus cette femme que le chat de gouttière de mon arrière-grand-père !

Cette réflexion mit Peggy en colère :

— Cette allusion me paraît très déplacée, Wallace, dit-elle.

Ce qui eut le don de rallumer la rage de Juanita :

— Alors, comme ça, elle t'appelle Wallace ! Eh bien, t'as qu'à rester avec elle ici et elle pourra te donner tous les noms qu'elle voudra ! Arthur va me raccompagner.

— Je ne me laisserai pas insulter, déclara Peggy. Je ne resterai pas ici une seconde de plus ! Julius me reconduira chez moi !

Art reconduisit donc Juanita chez elle et Julius reconduisit Peggy chez elle. Et Patty, qui était chez elle depuis un moment, jeta un coup d'œil à Wallace et quitta l'appartement en toute hâte. Quant à Wallace, il n'avait pas de foyer où il souhaitât rentrer. Il resta donc où il était.

Patty monta un étage et raconta à Mamie les événements passionnants, dont son appartement avait été le théâtre. Mamie n'en croyait pas ses oreilles !

Art revint après avoir reconduit Juanita.

— Voilà votre article sur les Wright qui tombe à l'eau ! lui dit Mamie en manière de consolation.

— Qu'est-ce qui s'est passé avec les Wright?

— Ils ont rompu !

— Tiens? (Art n'avait aucun souvenir de la scène.) Je ne comprends pas, je viens de chez eux et Juanita ne m'a rien dit à ce sujet !

Du coup, Mamie s'emporta :

— Vous étiez pourtant en bas, avec eux, quand c'est arrivé !

— Où ça, en bas?

La fureur de Mamie était telle qu'elle se précipita dans sa chambre pour chercher la lettre qu'Art avait écrite à Brown Sugar.

— Si vous publiez l'article sur Wallace, je montre ça à votre femme ! déclara-t-elle.

Art tenta de fixer son regard brouillé sur la lettre :

— Qu'est-ce que c'est? On dirait une lettre...

— C'est bien une lettre, et de votre main !

Il trouva à tâtons ses lunettes et se pencha sur les mots étalés :

Mon aimée,

Je suis très désireux de vous épouser, à condition que votre mari ne miaule pas. J'ai grand besoin de dormir.

Avec tout mon amour.

Art.

— On dirait mon écriture, fit-il. Et on dirait aussi ma signature...

— Vous les reconnaissez maintenant? demanda Mamie.

— C'est adressé à qui?

Mamie lui montra l'enveloppe.

— Brown Sugar... Je m'en souviens, reconnut Art.

Puis il se tourna vers Mamie, tout désemparé :

— Qui a pu lui écrire, à votre avis, en imitant mon écriture et en signant de mon nom?

— Je téléphone à Debbie tout de suite, menaça Mamie.

— Debbie? C'est ma femme, déclara Art.

— Je vais lui dire de venir ici immédiatement !

— Alors, je m'en vais.

Et il s'en alla.

Mamie fut prise d'une telle rage qu'elle cacha tout le whisky et annonça qu'il ne lui en restait plus.

Lou déclara qu'il allait descendre en chercher. Et il partit.

Schooley demanda une cigarette à Mamie. Elle lui répondit qu'il n'y en avait plus. Il annonça qu'il allait en chercher. Et il partit.

Art, qui s'était rappelé, entre-temps, qu'il voulait épouser Brown Sugar, décida d'aller la voir. Et il avait déjà oublié la lettre que Mamie venait de lui montrer. Il héla un taxi et dit au chauffeur de le conduire dans le Bronx.

— Quelle adresse? demanda le chauffeur.

— Je vous montrerai la rue, dit Art. Allez toujours jusqu'au Bronx.

Le chauffeur le conduisit dans le Bronx.

— C'est une rue avec des arbres, précisa Art.

Le chauffeur se mit à tourner dans le Bronx. Chaque fois qu'il arrivait à une rue bordée d'arbres, il demandait :

— C'est ça, votre rue?

Art examinait alors la rue et répondait, selon le cas : « Non, y a trop d'arbres », ou : « Non, pas assez d'arbres.»

Ils trouvèrent enfin une rue bordée d'arbres dont la quantité lui parut satisfaisante. Mais il fallait encore qu'il repère la maison. Il la repéra bel et bien, mais, entre-temps, la nuit était tombée. La maison était plongée dans l'obscurité. Art appuya sur la sonnette jusqu'à ce qu'une lumière apparaisse. Un grand Noir costaud, vêtu d'un peignoir, vint ouvrir. Comme ce n'était pas Brown Sugar, Art en conclut que c'était son frère.

— Je voudrais parler à votre sœur, dit-il.

— C'est pas ma sœur, répondit le costaud.

— Ah bon! Je croyais que vous étiez son frère!

— Tu t'es trompé de maison, mon gars. C'est celle d'en face.

Art examina la maison de bois d'un seul étage, de l'autre côté de la rue, et hocha la tête :

— C'est pas cette maison-là. C'en est une en brique.

— Elle est pas en brique, dit le costaud. Elle est en bois. Tu le vois bien!

— C'est pas une maison en bois. Elle est en brique et elle a deux étages, tout à fait comme celle-ci.

— Puisque je te le dis, insistait l'homme. C'est la maison qu'est là, en face. Ou alors, tu penses à une autre maison pareille.

— Je suis capable de distinguer une maison de bois d'une maison de brique, s'entêtait Art.

— Écoute, mon gars, fit le costaud d'une voix patiente. J'ai pas de raison de t'aiguiller dans le mauvais sens. Tu la vois, la maison d'en face? Eh bien, c'est celle que tu cherches!

— Je sais bien que non, dit Art, puisqu'elle est en bois.

— Écoute, mon pote, je sais, moi, que c'est la maison que tu cherches. Depuis le temps que j'habite ici, tu penses si je suis placé pour savoir que la maison, c'est celle-là, là-bas! T'as qu'à y aller, tu verras tout de suite!

Art savait bien que ce n'était pas cette maison-là, mais il traversa quand même et frappa à la porte de la maison en bois, histoire de faire plaisir au bonhomme qui voulait à tout prix que ce soit « la maison »!

La porte eut un craquement, puis s'ouvrit toute grande-Art se trouva nez à nez avec une femme noire, lourde. ment fardée, qui s'exclama :

— Entrez donc, mon lapin, on était toutes à se demander où vous étiez passé !

En fait de *maison*, c'en était bien une.

Lou, cependant, faisait halte au bar de l'Homme Gras pour s'offrir un verre.

Deux mignonnes à peau brune, assises au bar, et séparées de lui par un seul tabouret, le détaillèrent dans la glace. Mignonnes, elles l'étaient, tout au moins aux yeux de Lou.

— Vous aimez le poulet frit? lui demanda l'une des mignonnes.

— Et comment ! dit-il.

— Ici, y en a pas, déclara la mignonne.

— Mais chez Maggie, y en a, dit l'autre mignonne.

— Si on allait en goûter chez elle? proposa Lou.

— C'est sûr que vous l'aimez, le poulet frit? demanda la première.

— C'est sûr que je l'aime, affirma Lou.

— Parce que Maggie, elle a pas autre chose, dit-elle. Du poulet frit et des pommes à l'huile, c'est tout.

— J'aime aussi les pommes à l'huile, déclara Lou.

— Alors, on n'a qu'à tous aller chez Maggie, dit la mignonne.

Ils tournèrent le coin, pénétrèrent dans l'immeuble et montèrent au dernier étage. Maggie avait un appartement de sept pièces. Dans l'une de ces pièces, une formation « combo » égrenait des blues, pour des couples disséminés, qui fumaient le chanvre. Il n'y avait personne dans la salle à manger quand ils y firent leur entrée. Tous trois s'installèrent, mangèrent du poulet frit et burent quelques verres.

Pendant ce temps, Schooley était assis dans la cuisine d'un appartement du troisième étage, au 409, Edgecombe Drive, et mangeait des tripes braisées. Il ne savait pas comment il était venu là, mais tout le monde semblait bien disposé à son égard. D'ailleurs, ils n'étaient que quatre : un couple, une femme et lui-même.

— Tiens, tiens, alors, comme ça, vous êtes le célèbre écrivain Spooling, disait la femme. Quand je vous ai vu en train de tituber dehors, je me suis dit tout de suite : j' parie qu' c'est quelqu'un d'important.

C'était une femme à la peau d'un brun sombre, lourdement charpentée et musclée, qui n'aurait certainement pas supporté qu'on mette en doute les choses qu'elle avait pu se dire en telle ou telle circonstance.

— J'ai été à la réception chez Mamie Mason, expliqua Schooley.

— Moi, j'ai toujours eu envie d'aller à une de ses réceptions, dit la femme. Mais, crâneuse comme elle est, j'ai jamais été invitée.

— Allez, je vous emmène, dit Schooley.

— Voilà un brave petit cœur! Il est pas trésor, dites donc? fit la femme en prenant le couple à témoin. Tiens, appelle-moi Viola, mon coco en sucre, et en route!

Viola saisit une casserole pleine de tripes braisées et ils s'en allèrent.

Comme de bien entendu, la fête, chez Mamie Mason, était à son apogée. Patty avait emprunté deux bouteilles de whisky à la femme du portier et, tout naturellement, la femme du portier était montée avec son whisky. Handsome avait appelé un ami qui arriva avec trois bouteilles de whisky et deux femmes. L'un des inconnus fit venir une sienne amie qui se présenta avec quatre bouteilles de whisky et deux inconnus supplémentaires. Il y avait donc beaucoup à boire, mais rien à manger.

Aussi les tripes furent-elles les bienvenues.

Et, après les tripes, l'assistance se mit à dégager un fumet alliacé.

L'un des inconnus s'endormit et brûla un trou dans l'accoudoir d'un fauteuil, rembourré et presque neuf, de Mamie.

Art réapparut avec deux dames galantes, au charme pimenté. La nature avait doté ces personnes d'une peau très sombre, mais l'abus de la poudre de riz blanche leur donnait un teint violet vif.

On aurait pu penser que Lou viendrait, lui aussi, en aimable compagnie. Au lieu de ça, il ramena un orchestre de trois musiciens qu'il avait dégottés on ne savait trop où. Ils offrirent immédiatement une sérénade à Mamie en exécutant une transposition « bop » de Jelly Roll Blues.

Julius, lui, ramena Fifi. Fifi était la jeune artiste qui avait laissé tomber Julius pour Art. Quand elle reconnut Art dans la foule, elle essaya encore une fois de se débarrasser de Julius. Mais les dames galantes qui accompagnaient Art se révoltèrent contre cette usurpation de droits. Des mots furent échangés que certaines des personnes présentes n'avaient jamais entendus. Lou demanda à l'orchestre de jouer plus fort pour couvrir ce bruit.

Le bruit fut dûment couvert, à l'exception des coups, frappés à la porte par la police. Mais la police comprit tout de suite à qui elle avait affaire : des gens très honorables qui s'offraient une petite fête.

— Vous en faites pas, madame, on connaît Joe, dit l'un d'eux.

Et voilà Kathy qui ne trouve rien de mieux à faire que de s'exclamer :

— Bon sang, et moi qui devais partir à Buffalo avec Joe!

Mamie fut prise d'une telle fureur qu'elle fit jeter tout le monde dehors par les flics. Julius partit, lui aussi, ce qui augmenta la rage de Mamie. Mais Julius n'avait pas l'intention de laisser Fifi rentrer toute seule. Il n'était pas tombé sur la tête.

Mamie était donc si furieuse qu'elle se remit à table et acheva les tripes qui restaient dans la casserole. Mais, une fois la dernière bouchée avalée, elle s'enferma dans la salle de bains, se fourra le doigt au fond du gosier et se délesta de la nourriture.

HARLEM, U.S.A.
LES FEMMES FEMMENT

Quand la nouvelle se répandit à Harlem que Wallace Wright avait quitté sa femme légitime, de couleur et d'âge mûr, qui avait trimé pour lui et s'était sacrifiée pendant vingt longues années, pour les beaux yeux d'une jeune et fringante Blanche qui avait la moitié de son âge, le problème noir prit son essor et même s'emballa comme une mule avec un chardon piqué sous la queue... si vous voyez ce que je veux dire, selon la formule de Kathy Carter.

En fait, quand Wallace se réveilla, ce matin-là, dans le lit de Patty Pearson, il en fut si horrifié qu'il se leva d'un bond et rentra chez lui. C'était déjà assez grave d'être infidèle à une femme, mais infidèle à deux femmes à la fois était inconcevable. Pour tout dire, Wallace n'avait pas consommé la trahison, vu son état d'ivresse. Mais il n'en savait rien et les circonstances étaient accablantes.

Juanita, cependant, avait fait changer la serrure de leur appartement et était retournée chez sa mère.

En voyant la porte close et sa femme envolée, Wallace, tout naturellement, téléphona à Peggy. Mais Peggy lui en voulait encore tellement de l'avoir mise en parallèle avec un chat (d'autant plus qu'elle méprisait tous les chats, et les chats de gouttière en particulier), qu'elle lui refusa son pardon. Elle lui dit qu'elle en avait plus qu'assez, qu'il pouvait retourner chez lui et se réconcilier avec sa femme et que ça ne lui ferait ni chaud ni froid. Wallace était un homme hardi qui ne s'inclinait jamais devant l'adversité. Il alla donc prendre son petit déjeuner. Ce petit déjeuner était composé de deux portions de saucisses frites, d'œufs frits à la mode du sud et de bouillie de farine de blé. Après quoi, il alla se faire faire la barbe.

Peggy, qui déjà imaginait Wallace en train de sauter de quelque gratte-ciel, essaya de le joindre par téléphone pour empêcher ce geste fatal. Wallace s'était inscrit entre-temps au Mac Alpin Hôtel sous un faux nom, avec l'idée d'y prendre un bain, et personne ne savait où il était.

En conséquence, le bruit se répandit que Juanita s'était jetée dans la rivière Harlem et que Wallace s'était enfui au Canada avec sa dulcinée. Des gens dignes de foi prétendaient même l'avoir vu monter dans le train. Des centaines de personnes se pressèrent sur les bords du fleuve pour suivre les travaux de dragage, exécutés par les services officiels, dans l'espoir de retrouver le corps de Juanita. Le fait que ce dragage était réellement effectué pour approfondir le lit de la rivière, n'apaisa nullement les rumeurs.

L'orgueil de la race flambait d'une flamme noire.

Des organisations féminines adoptèrent des slogans du genre : « Les Noirs sont Beaux. — Soyez fier d'être Noir. » A la suite de quoi, les drugstores firent des affaires d'or en vendant des lotions pour éclaircir le teint et des onguents pour aplatir les cheveux. Un malin compère put se payer une authentique Cadillac toute jaune, grâce aux bénéfices réalisés par la vente d'un sel de bain appelé : *Passoblan*. Pour tout dire, le produit, sans grand effet sur la nuance de la peau, blanchissait surtout le cheveu. Ce qui se révéla fort gênant pour les jeunes personnes désireuses de trouver un mari. Un candidat au mariage, notamment, qui voulut s'adonner à quelques jeux prénuptiaux avec sa future, eut un choc en découvrant qu'au-dessous de la ceinture la jeune personne grisonnait.

Pour ne pas être en reste, les orateurs de carrefours et les prédicateurs des pas de porte encourageaient leur auditoire avec des assertions du genre :

« Les Noirs sont Loyaux... Les Noirs sont Fidèles. »

Des spécialistes du voodou liquidaient leurs provisions de philtres d'amour, d'amulettes et de figurines de cire à cheveux blonds. Les chats disparurent des rues, kidnappés par des affranchis, désireux de remonter leur stock de pattes de lapin. On pouvait voir, à la tombée du jour, des femmes qui emportaient chez le teinturier toute la garde-robe de leur mari.

Mais, manifestement, les gens exigeaient des arguments plus frappants encore. Aussi les historiens noirs établirent-ils, sans équivoque possible, que :

1 – Cléopâtre était Noire.

2 – la Reine de Saba était Noire.

3 – Didon était Noire, puisqu'elle fut la première reine de Carthage. Or, Carthage se trouve bien en Afrique, n'est-ce pas?

4 – Fatima était Noire, puisque fille unique de Mohammed, qui, de notoriété publique, était Noir.

5 – Vénus était Noire. Des statuettes en bronze furent exposées, pour étayer cette thèse.

6 - Ève était Noire. Peut-être pas d'un noir profond, mais quand même soutenu. N'avait-elle pas commis le premier péché? Et ne dit-on pas, depuis, que le péché est noir? Il y a une raison.

7 - Le Père Noël est Noir, ainsi que les sept rennes de son attelage (1).

Portés par l'inspiration, les gens de couleur composèrent des poèmes passionnés, tel : *Plus noire est l'âme, plus blanche la peau*, maintenant si célèbre qu'il est inutile de le citer. Un autre, moins connu, s'intitulait : *Si j'avais le choix*.

« Si, moi, j'avais le choix
Je s'rais noir' comm' la poix
Cachée dans mon trou
Loin d' la ville, loin de tout,
Plutôt que d'être blanche
Habillée en dimanche
Et d' subir les audaces
De ce coquin d' Wallace ! »

Et, tout naturellement, la révolte noire suivit cette explosion d'orgueil noir. On prétendait même que des dames de couleur boycottaient le lait, sous prétexte qu'il était blanc.

L'incident le plus caractéristique se produisit dans le métro entre Times Square et la 14e Rue. Une dame de race blanche, debout dans la travée centrale, aperçut une punaise qui grimpait le long du col d'une dame noire, assise au-dessous d'elle. Très discrètement, pour ne pas attirer l'attention, la dame blanche avança la main et, précautionneusement, attrapa la bestiole entre le pouce et

(1) Aux États-Unis, Santa Claus, ou Père Noël est transporté dans les airs par un attelage de sept rennes.

l'index. Mais la dame de couleur avait remarqué le mouvement de la dame blanche, au moment où celle-ci retirait sa main, et demanda, soupçonneuse :

— Qu'est-ce que vous me prenez là?

La dame blanche, d'un geste solennel, lui montra la punaise dodue :

— Où c'est que vous l'avez trouvée? demanda la dame noire avec hargne.

Timidement, la dame blanche désigna le col de la dame noire.

— Remettez-la où vous l'avez prise! fit la dame de couleur d'un ton agressif. C'est ça, le malheur, de nos jours. Vous aut' Blancs, vous nous prenez tout ce qu'on a.

Il va sans dire que les dames de couleur prirent fait et cause pour Juanita contre Wallace. Et si elles avaient pu mettre la main dessus, il y aurait récolté quelques bosses. Pourquoi, en effet, mettre sa foi dans la foi, alors qu'une bonne fessée fait l'affaire aussi bien, sinon mieux?

Quand Patty comprit quels sentiments animaient ses sœurs de couleur, elle se rallia immédiatement à la croisade.

Et dire que tout cela était venu parce que Juanita, un jour, avait remarqué que Mamie, dans son fourreau taille 40, ressemblait tant à une saucisse de Francfort qu'on avait envie de réclamer de la moutarde.

— *Mais qu'est-ce que tu veux? C'est obligé! Tu t' rends compte? Les Blancs et les Noirs mélangés au cours de ces orgies et de ces beuveries chez Mamie Mason... Si tu veux tout savoir, ma petite, y a encore plein de linge sale, dans ce baquet, qu'a jamais été étalé...*

Bien sûr, les choses seraient apparues sous un autre jour à ces dames si elles avaient été invitées, elles aussi, chez Mamie Mason. Mais qu'attendre des négligées et des dédaignées?

Quand les rumeurs en question commencèrent à circuler, tout le monde s'en prit à Mamie, oubliant Wallace.

Comment ce pauvre bougre pouvait-il en effet cultiver tranquillement son propre potager, quand Mamie, dans son sacré appartement, lui jetait, si l'on peut dire, ses produits maraîchers à la tête! Et, selon l'adage des dames galantes : « Un qu'est en godille... euh... enfin... vous me comprenez?... eh bien, il a pas de conscience. »

Ce qui mit Mamie le plus en colère, ce fut d'apprendre que Patty Pearson, entre toutes — Patty, sa toute meilleure amie — se conduisait comme une garce et un faux jeton en s'efforçant de saborder son Bal Masqué annuel. Simplement parce que Mamie avait laissé échapper quelques confidences, comme quoi Juanita aurait surpris Wallace au lit avec l'autre, dans l'appartement même de Patty. Mais ce n'était pas une raison pour s'attaquer au plus important événement mondain de l'année. Après tout, Mamie et Patty avaient été amies trop longtemps pour que Patty se vexe pour quelques petites indiscrétions amicales. D'ailleurs, quand on cancane, les victimes sont toujours les amis, pas vrai? On ne connaîtra jamais assez d'horreurs sur les autres!

Comme de bien entendu, le Bal Masqué, c'était l'affaire de Mamie Mason. Il allait avoir lieu très bientôt et durer de dix heures du soir à l'aube, dans les salles du Savoy. Mais Mamie était un partisan convaincu des principes démocratiques, aussi la fête avait-elle lieu sous le patronage officiel de *La Société des Mondaines du Monde de Harlème*, dont Mamie était la fondatrice, l'organisatrice, la présidente et le dictateur. C'était donc vraiment dégoûtant, de la part de Patty Pearson, elle-même membre fondateur de la société, de compromettre le succès du bal en colportant des ragots et en accusant Mamie Mason, qui devait être la Reine Masquée de la soirée, d'avoir brisé le ménage de Wallace Wright.

Si le Bal Masqué était une si grosse affaire, c'est parce que tous les prestigieux amis blancs de Mamie allaient y assister sans parler de tant d'autres Blancs qui ne rêvaient qu'à devenir ses amis. Or, Patty savait fichtrement bien qu'aucune femme blanche n'oserait se montrer à Harlem, tant que durerait le scandale et que les Blanches seraient accusées de soulever à leurs sœurs de couleur les hommes les plus intéressants. Pour une Blanche, en cette période, aller au Savoy de Harlem et y échanger de menus propos avec le mari de quelque dame de couleur et d'esprit méfiant, équivalait à un suicide.

Mamie savait que si les choses continuaient ce train, Wallace Wright serait érigé en martyr, si bien qu'Art Wills se verrait obligé de publier, en dépit de tout, un reportage illustré sur lui dans le premier numéro du magazine à paraître. Ce qui serait une catastrophe, au point de vue des relations entre Blancs et Noirs. Et puis, il était juste que le premier reportage illustré à paraître dans le premier numéro du nouveau magazine soit consacré au Bal Masqué de Mamie Mason. A tous les points de vue, car à aucun moment et en aucun lieu à Harlem, ne se nouaient de meilleures relations interraciales.

Pour parer au désastre, Mamie annonça à tout un chacun, sauf à ses meilleurs amis, qu'elle partait pour Chicago cet après-midi-là, par le train de une heure quinze. Puis elle s'installa au téléphone.

D'abord, elle appela, au Commodore Hotel, Mme Anna Kissock, femme du docteur John Kissock, président du Comité du Sud pour la Défense de la Liberté. Elle savait, en effet, que les Kissock étaient là pour huit jours.

Elle demanda à Mme Kissock de réunir Wallace et sa

bonne amie Peggy, en quelque lieu discret, et de les persuader de rompre leur liaison. Comme Anna et le docteur Kissock étaient les meilleurs amis de Wallace, celui-ci l'écouterait sans doute.

— Oh ! je voudrais tellement arranger cette histoire, dit Mme Kissock. Je me suis fait tant de souci ! Wallace est passé hier soir, justement, pour voir le docteur et j'ai été sur le point de lui suggérer de renoncer à elle. Ne fût-ce que pour sa santé ! C'est bien simple, ce pauvre cher garçon n'a plus figure humaine !

Mamie fut si heureuse de savoir que Mme Kissock allait faire cette généreuse démarche qui ne manquerait pas d'améliorer les relations interraciales, qu'elle accepta de prêter son propre appartement pour cette réunion, prévue pour l'après-midi, après son départ pour Chicago. Et c'était certainement l'endroit où personne ne songerait à les chercher ! Mamie allait laisser la clef au portier, ainsi Mme Kissock pourrait venir de bonne heure et attendre le couple.

Après quoi, Mamie Mason téléphona :

- à Alice Overton, femme de Willard B. Overton, et amie de cœur de Juanita Wright;
- à Dora Steele, femme du docteur James Steele et qui avait un tel béguin pour Julius;
- à Debbie Wills, femme d'Art Wills;
- à la femme du docteur Baldwin Billings Brown, Maiti Brown, qui était en visite chez des amis à Jamaica, Long Island, et devait retrouver son mari, quelques jours plus tard, à l'université;
- à Kit Samuels, femme du professeur Isaiah Samuels, qui était seule en ville pour faire des achats;
- à Merto, qui se faisait passer pour la femme de Maurice Gordey;

– à Bessie Shirley, femme de Milt Shirley, le directeur d'un journal noir.

Mamie leur raconta à toutes la même chose : « Chère amie, je vous attends sans faute chez moi cet après-midi. Il se passe des choses épouvantables et il faut absolument qu'on fasse quelque chose pour Wallace et Juanita Wright. »

Elle se garda bien de dire de quoi il retournait, afin de mieux éveiller la curiosité.

Puis, elle demanda à toutes ces dames de ne surtout rien dire à leurs maris respectifs, ni où elles allaient, ni rien — il fallait absolument garder la chose secrète, sinon le pire pouvait arriver. Elle-même avait raconté qu'elle partait pour Chicago par le train de une heure quinze, et elle était décidée à ne pas répondre au téléphone, tellement le secret était important !

Bien entendu, elles vinrent. Toutes affaires cessantes, elles se hâtèrent au rendez-vous. Comment pouvaient-elles vaquer paisiblement à leurs besognes, alors qu'il arrivait aux Wright des choses si terribles et si mystérieuses qu'elles n'en avaient même pas eu d'écho ?

Alice Overton téléphona à sa meilleure amie, Juanita, et lui dit qu'il se passait quelque chose de louche chez Mamie Mason. Elle conseilla à Juanita d'aller sur les lieux, sans attendre une minute, et de se planquer derrière la porte de l'appartement des Powell qui habitaient sur le même palier que Mamie pour, au moins, surveiller par le judas les allées et venues du côté de chez les Mason. Juanita la remercia chaleureusement et lui dit qu'elle se ferait accompagner de Big Burley, le célèbre détective noir, qu'elle avait engagé à tout hasard pour réunir les preuves nécessaires au divorce.

— Voilà une attitude que j'apprécie, dit Alice.

Dora Steele téléphona à sa meilleure amie, Daisy Perkins, femme du directeur d'une entreprise de Pompes Funèbres de Brooklyn, et lui annonça qu'elle allait de ce pas chez Mamie Mason où se mijotait un nouveau scandale au sujet des Wright. Au fond, elle ne serait pas du tout étonnée si Julius avait découvert l'existence de l'enfant adultérin de Wallace, car comment croire que Wallace allait sacrifier toute sa carrière à une femme comme ça, s'il n'y avait pas un enfant illégitime à la clef? Mais elle adjura Daisy de n'en souffler mot à âme qui vive.

Mais Daisy aurait été bien mauvaise amie si elle n'avait pas appelé sa confidente de toujours, Mme Lillian Davis Burroughs, mieux connue sous le nom de Brown Sugar, pour lui dire qu'il existait d'authentiques photos de Wallace en flagrant délit. Art Wills, le grand journaliste blanc que Brown Sugar aimait tant, les avait prises. En fait, Daisy voulait faire comprendre à Brown Sugar qui était réellement cet Art Wills, car, après tout, elle et Brown Sugar étaient nées dans la même petite ville de Piney Ridge dans le Tennessee.

Debbie Wills n'avait pas bien envie de se prêter aux manigances de Mamie Mason sans avoir prévenu une personne sérieuse de race blanche, en lui indiquant le lieu du rendez-vous... Quelqu'un comme Mme Stone, femme du docteur Carl Vincent Stone, président honoraire et membre du Comité Directeur de la célèbre université noire. Mme Stone jugea qu'il était indiscutablement de son devoir de mettre au courant Mme Garrett, femme du docteur Oliver Wendell Garrett, président de la Fondation Rothschild, à Philadelphie.

Maiti Brown avertit son hôtesse de Jamaica, une Mme Dudley, que, si elle n'était pas de retour pour dîner, ce serait parce qu'elle aurait été retenue chez Mamie

Mason, où un groupe de femmes, conscientes de leur rôle social, allaient analyser les données du scandale Wright, afin d'en étudier les effets lointains sur la vie familiale des Noirs.

Kit Samuels téléphona au Révérend noir Mike Riddick et lui dit :

— Oh! Révérend Riddick, il m'est arrivé une chose très curieuse. Mamie Mason m'a invitée à prendre le thé aujourd'hui, et ça m'a fait penser à vous! Vous allez bien, j'espère?

— Bon pied, bon œil, madame Samuels, répondit le Révérend Riddick. Et toujours prêt à me colleter avec le démon, où qu'il se trouve. Comment va le professeur Samuels?

— Très bien, merci. Il n'a pas pu venir, cette fois-ci.

— Oh! comme c'est dommage, dit le Révérend Riddick.

Comme Maurice Gordey n'était pas vraiment le mari de Merto, elle n'eut aucun scrupule à lui raconter qu'elle allait assister à un débat sur le problème noir, cet après-midi-là, chez Mamie Mason. Et Maurice s'empressa d'informer Lorenzo Llewellyn que Mamie Mason présidait une sorte de tribune, où le problème noir serait discuté. Qu'en pensait-il? Est-ce que ça valait la peine d'y participer? Lorenzo répondit : « Non. »

Quant à Bessie Shirley, elle donna ses instructions au groom de l'hôtel Theresa : il devait dire au preneur de paris à la loterie des numéros qu'elle avait des ordres à lui communiquer pour la journée, mais qu'elle allait bavarder un moment chez Mamie Mason et, si ce n'était pas trop lui demander, qu'il serait gentil de faire un saut là-bas, car elle avait comme une impression que c'était peut-être bien le jour à miser sur le 9. Elle ne pouvait toutefois prévoir les combinaisons possibles sans avoir vu les personnes réunies chez Mamie. Éventuellement, elle mènerait avec zéro.

Mais le plus fort, c'est que personne n'avertit Joe de la chose et il fut amené à découvrir le complot de pénible façon. En arrivant de Buffalo à l'heure même où Mamie était censée prendre le train pour Chicago, il téléphona chez lui. N'ayant pas obtenu de réponse, il téléphona chez Patty Pearson pour demander si Mamie était avec elle. Mais Patty eut la délicatesse de lui confirmer que Mamie était partie pour Chicago.

A peine les invités de Mamie étaient-ils donc installés autour d'une tasse de thé agrémentée de cancans et arrosée de rhum et de bourbon, que Joe fit son apparition.

Pour son malheur, il s'était fait accompagner par sa collaboratrice, Kathy Carter. Il avait donc ouvert la porte avec sa clef et laissé Kathy entrer la première. Quand, tout à coup, il aperçut le cénacle féminin. Déjà, il était trop tard.

Mamie, qui tournait le dos à la porte, fut bien amusée par l'émoi qu'elle perçut chez ses amis. Les yeux de Maiti Brown lui sortaient littéralement de la tête. Quant à Mamie, elle croyait que la nouvelle arrivée était Mme Anna Kissock.

— Vous connaissez toutes Anna Kissock, dit-elle.

Puis elle se retourna pour saluer cette distinguée personne.

Inutile de dire que les yeux de Mamie manquèrent, eux aussi, de lui sortir de la tête.

— Je ne m'attendais pas à te trouver là ! fit Joe précipitamment.

— Je m'en doute, fit Mamie d'une voix chargée de menace.

— J'ai téléphoné, mais personne ne m'a répondu.

— Je le crois volontiers.

— Alors, j'ai amené Kathy pour lui communiquer mes notes.

— Quelles notes, mon chou?

— Ses notes à lui, répondit Kathy.

— Il serait étonnant, mon chou, qu'il vous communique vos notes à vous.

— Soyez donc pas si susceptible, dit Kathy. Il fallait bien que je prenne ses notes un jour ou l'autre, pas vrai? Après tout, je ne peux pas les prendre quand il n'est pas là, pas vrai?

— Je comprends très bien, mon chou, déclara Mamie. Si vous mettiez bout à bout toutes les notes que vous avez prises dans votre existence, ça ferait une symphonie pour grand orchestre!

— Parce que Joe écrit de la musique aussi? demanda Maiti Brown, estomaquée.

— J'ai apporté mes notes, intervint Joe. Elles sont dans ma valise.

— Ç'aurait été bien gênant, s'il ne les avait pas avec lui, ses notes, intervint Merto.

— Ses notes? répéta Maiti Brown, comme hébétée. Vous voulez dire qu'il avait amené sa secrétaire et oublié ses notes?

— Il est bien évident que tu n'as pas amené ta secrétaire pour lui dicter des choses en oubliant tes notes, dit Mamie à Joe. Mais qu'est-ce qui t'a empêché de faire ça à ton bureau?

— J'ai pensé qu'ici ce serait plus confortable, expliqua Joe. Je suis fatigué du voyage.

— Si vous vous faites tant de souci pour les notes de votre mari, prenez-les donc vous-même, dit Kathy à Mamie. Il manque pas d'épis dans le champ qu'ont jamais été glanés!

— On ne vous reproche rien, mon chou, dit Mamie à Kathy. Vous avez toujours su y faire.

— Eh bien, si vous le prenez comme ça, s'emporta Kathy, laissez-moi vous dire une chose : si je me mettais au régime végétarien, il me faudrait autre chose, en fait de légumes, que des pointes d'asperges... si vous voyez où je veux en venir...

— Je suis certaine, moi, que vous choisiriez des courges et des pastèques, mon chou, déclara Mamie.

— Vous savez, maintenant qu'elles parlent jardinage, je me sens bien soulagée, avoua Maiti Brown à Dora Steele. Pendant un moment, j'étais complètement perdue, avec ces histoires de notes.

L'arrivée de la sévère Anna Kissock mit heureusement fin à une discussion qui risquait de mal tourner.

Elle aussi fut ahurie en voyant l'assemblée.

— Oh! Mamie chérie! s'exclama-t-elle. Je ne pensais trouver que Wallace!

— Elle a dit Wallace? demanda Maiti Brown en un chuchotement ému. Ciel! Serait-elle après lui, elle aussi?

— Nous sommes toutes ses amies, déclara Mamie.

— Oui, certainement, dit Mme Kissock. Mais vous m'avez dit que vous partiez. Alors je croyais que nous serions seuls — avec elle aussi, bien entendu.

— Miséricorde! En même temps! s'écria Maiti Brown saisie d'horreur. Les deux!

— Dire que je ne le connais pas pour ainsi dire, fit Merto, pleine de regrets. Je veux dire, je ne l'ai jamais connu vraiment... enfin...

— Au dernier moment, expliquait Mamie, nos amies ont pensé qu'il valait mieux que je reste et qu'on se réunisse toutes ici, car c'est important de savoir où on en est.

— Oui, je comprends très bien, dit Mme Kissock, mais

vous ne croyez pas que Wallace sera gêné? Il pense ne trouver que nous deux ici. Je lui ai parlé au téléphone et je lui ai expliqué exactement ce que nous attendions de lui. Alors... Vous croyez qu'il voudra le faire avec tout ce monde autour?

— Nous aimons toutes Wallace, déclara Alice Overton.

— Miséricorde! Elle aussi! s'exclama Maiti Brown.

— Ce Wallace, quand même! fit Merto. Peut-être qu'une seule d'entre nous pourrait avoir de meilleurs résultats. Si je pouvais me retirer avec lui quelque part où on ne serait pas dérangés... enfin...

— On a aussi pensé qu'on pourrait leur parler à tour de rôle, expliqua Mamie à Mme Kissock.

— Parce qu'il en a plusieurs? fit Mme Kissock, choquée.

— Est-ce que quelqu'un voudrait bien m'expliquer de quoi il est question? gémit Kit Samuels.

— Vous êtes au courant pour Wallace, mon chou, dit Mamie. Eh bien, on est en train de se demander ce qu'on fera d'elle.

— D'elle! De Wallace? Il aurait donc subi une de ces opérations...? demanda Kit.

— Ce qu'on devrait faire, c'est lui envoyer une délégation, proposa Dora Steele. En lui posant un ultimatum.

— Chez Wallace? demanda Kit, éberluée. Un ultimatum pour le forcer à remettre ça en place? Enfin, je veux dire... ce qu'on lui a enlevé au cours de cette opération... Ça peut donc se faire?

— Envoyer une délégation chez elle? dit Mme Kissock. Mais Wallace, alors? Je ne crois pas que Juanita voudrait le reprendre, étant donné les circonstances.

— Pour tout dire, moi non plus, déclara Kit.

— Personnellement, je pense qu'au fond Juanita en voudrait aussi.

— Y a qu'à lui donner celle que Wallace n'a plus.

— Elle n'est pas du tout comme ça! s'indigna Alice Overton. Elle est tout ce qu'il y a de normale.

— Tous les Noirs sont pareils, remarqua Dora Steele d'un ton amer. Avec eux, on dirait toujours que c'est quelque chose d'extraordinaire. C'est agaçant!

— Les Blancs, ils sont tout pareils à nous! s'écria Bessie Shirley. C'est pas merveilleux?

— Taisez-vous! s'exclama Maiti Brown. L'un d'eux a voulu me violer, ici, dans cette pièce!

— Violer! s'écria Mme Kissock en frissonnant. Vous! Il a dû perdre la raison!

— D'après les anthropologues, les contraires s'attirent, dit Kit Samuels.

— Oh! Ils exercent sur nous une attirance irrésistible et horrible. Par leur noirceur même... enfin... dit Merto.

— Mon mari prétend que c'est purement psychologique, intervint Alice Overton, et qu'une fois qu'on a surmonté la tentation du fruit défendu...

— Vous êtes Mme Willard B. Overton. Je connais votre mari... enfin... assez pour échanger quelques mots... enfin... dit Merto.

— Vraiment? fit Mme Overton, glaciale.

— Mais je croyais qu'il voyait ça surtout d'un point de vue politique. Il ne m'a pas parlé psychologie.

— Voyons, chère amie, qu'est-ce qu'il vous a dit au juste, mon mari? demanda Mme Overton à Merto d'une voix chargée de menace.

— Oh, il a surtout discuté de politique et de choses comme ça... répondit Merto. Du problème noir aussi, et de mon mari, Maurice, et d'un tas de trucs...

Un bon vieux crêpage de chignons fut évité à cet instant par l'arrivée de Patty Pearson, imbibée jusqu'aux oreilles et débordante d'affection. Elle serra Mamie en une étreinte inexorable et l'embrassa avec emportement.

— Cette petite mère! s'exclama-t-elle tendrement. Qui c'est que tu passes à la poêle, à c'te heure?

De toute évidence, Patty avait préparé son entrée en scène dans l'espoir de prendre Mamie au dépourvu. Car Patty savait fort bien que le prétendu départ de Mamie pour Chicago et son refus de répondre au téléphone couvraient quelque nouveau complot, et Patty n'était pas femme à se morfondre dans son coin en se demandant si, des fois, le complot n'était pas dirigé contre elle.

Mamie était folle de rage :

— Qu'est-ce que ça veut dire? Tu t'amènes chez moi, maintenant, sans être invitée? explosa-t-elle, en se dégageant des bras enlaçants de Patty.

— Enfin, ma petite poule en sucre, c'est pas toi qui m'as téléphoné à l'instant pour me dire de monter? fit Patty, médusée. J'aurais juré que c'était ta voix... C'est bien simple, j'ai pas compris un mot de ce que tu m'as dit!

Bien entendu, Mamie était d'autant plus furieuse de l'arrivée intempestive de Patty qu'il lui était désormais impossible d'éreinter son amie derrière son dos. Mais elle l'avertit :

— Ne va pas croire qu'on se privera de parler de toi, parce que moi, je te considère comme un faux jeton!

— Faux jeton, vrai jeton, tontaine, tonton! fit Patty d'une voix brouillée par l'alcool. N'empêche que j'ai jamais dit, moi, que t'étais une sous-broche et que t'as racolé cette bonne femme pour Wallace Wright. J'ai juste dit que t'étais seule à savoir que Wallace se trouvait dans mon appartement avec elle et avec moi.

— Pas possible! s'écria Maiti Brown. Deux autres encore! C'est un bouc dans la peau d'une brebis!

— Si tu t'imagines qu'avec tous tes mensonges tu arriveras à faire croire aux gens que ce n'est pas toi qui as déclenché le scandale, et tout cela pour saboter mon Bal Masqué... commença Mamie.

Mais Patty la coupa :

— Si tu m'accuses maintenant d'avoir déclenché le scandale, moi je fais venir Wallace ici, pendant qu'on est toutes réunies, menaça Patty.

— Tu crois peut-être que je n'y ai pas pensé avant toi, mon chou? fit Mamie. Il sera ici dans un moment!

— Ici! s'exclama Maiti Brown. Avec toutes ces femmes! Miséricorde, la cause noire va reculer de vingt ans!

— J'estime que ce serait vraiment inutile, intervint Merto. J'entends, de faire reculer de vingt ans la cause des Noirs... enfin... Surtout que bien des choses pourraient être résolues si on s'y mettait nous deux... enfin, si on pouvait se retirer dans un coin tranquille, rien que lui et moi... enfin...

— Hélas! dit Mme Kissock. Comment voulez-vous réconcilier les Wright et résoudre le problème noir de cette façon-là?

— Si mon Bal Masqué devait en souffrir, déclara Mamie, ne me rendez pas responsable de la faillite du problème noir!

HARLEM, U.S.A.
LES HOMMES HOMMENT

Mû par une inspiration subite, M. Kissock décida de téléphoner à Mme Kissock pour s'enquérir du progrès des négociations.

— Est-ce que le Principe 1 s'est laissé convaincre, à

l'heure qu'il est, des avantages qu'il y aurait à renoncer au Principe 2 et envisage-t-il un rapprochement avec le Principe 3?

Le hasard voulut que Bessie Shirley se trouvât à proximité de la cuisine où le téléphone était branché. Ce fut donc elle qui répondit à la sonnerie. Elle ne pouvait se permettre de rater cette occasion d'apprendre qui pouvait bien téléphoner à Mamie au milieu de la journée, à une heure où Joe était généralement absent. Mais quand elle entendit le docteur Kissock prononcer ces paroles énigmatiques, elle pensa tout de suite qu'elle avait au bout du fil son preneur de paris pour la loterie des numéros et qu'il utilisait, craignant sans doute l'oreille indiscrète de la police, le mot « principe » pour désigner chacun des trois chiffres de la combinaison du jour.

Elle répondit donc :

— Y a pas de pet, cousin. Tu pousses le cri?

— Je pousse quoi? fit le docteur Kissock. Essaie d'être un peu plus intelligible, chérie. Du diable si quelqu'un déchiffrera tes propos!

— Et toi, tu n' peux pas parler un peu plus intelligemment aussi? rétorqua Bessie. Tu crois que tu es qui?

— Et toi, tu crois que je suis qui? gronda le docteur Kissock. Moi, je sais fort bien qui je suis. Mais, par le diable, qui êtes-vous, vous?

— Je suis Bessie, répondit Bessie. Et si vous n'êtes pas Candy le Dandy, mon book des numéros, par le diable, je voudrais bien savoir qui vous êtes!

— Mais, par le diable, je voudrais bien savoir ce qui se passe dans cette maison, bredouilla le docteur Kissock.

— On est là entre filles... et on a dans l'idée de faire frire du poisson, déclara Bessie. Mais, après tout, ça ne vous regarde pas, que je sache!

Le docteur Kissock s'affola. Ce gentilhomme du sud

avait prêté à l'expression « faire frire du poisson » le sens qui lui est donné dans les provinces méridionales : esquinter son prochain. Il téléphona donc à son bon ami Wallace pour le mettre en garde contre le piège tendu. Mais Wallace avait déjà quitté son hôtel. Le docteur Kissock téléphona donc à Art Wills.

— Que savez-vous de la vie de Wallace, Lou? demanda Art avec discrétion.

— Voyons, Art, ne me mêlez pas à cette scandaleuse histoire, protesta Lou. Je ne sais rien de la femme de Wallace. Je vous dirai même que je n'ai jamais rencontré cette personne.

Art fut satisfait de sa réponse. Si Lou, en effet, ne savait rien de la femme de Wallace, c'est qu'il n'avait pas lu l'autobiographie de Wallace. Aussi répondit-il :

— Eh bien, merci quand même, Lou. Je m'en vais à la corrida.

Bien entendu, Lou comprit tout de suite ce que cela voulait dire : Art se proposait d'aller chez Mamie, où, très certainement, se passaient des choses fort intéressantes.

En fait, Art n'avait jamais voulu dire cela. Mais, guidé par l'élémentaire bon sens, il avait jugé que, s'il y avait une chance de trouver Wallace, il fallait le chercher à Harlem, puisque Wallace était homme de couleur et que Harlem est le quartier des gens de couleur. Et si, effectivement, Wallace se cachait à Harlem, il était logique que ce fût chez Mamie Mason, puisque c'est là qu'Art avait envie d'aller le chercher.

Entre-temps, le docteur Kissock songeait, avec le sentiment du devoir accompli, que Wallace avait été averti à temps du danger que représentait pour lui une visite chez Mamie. Mais il crut également de son devoir de mettre en garde, dans un esprit purement humanitaire, la tendre partenaire de Wallace. Il téléphona donc à son bon ami le docteur Oliver Wendell Garrett et lui demanda d'assumer cette tâche pour obliger leur bon ami commun Wallace. Le docteur Garrett se fit fort de mener à bien cette mission.

— Si vous voulez me donner son nom et son adresse, ajouta-t-il.

— Nom de Zeus! Comment peut-elle bien s'appeler, cette femme? Woogie? Non, ce n'est pas ça. C'est... euh... un nom qu'ils se donnent entre eux... entre gens de leur race... « Je te boogie, tu me woogie... » Voilà ce qu'ils disent, je crois bien... Mais elle... euh... elle est des nôtres, de notre race s'entend, sinon de notre espèce.

— Tiens? Vraiment? fit le docteur Garrett. Comme c'est curieux! Mais Wallace connaît sûrement son nom. Et il lui donne sans doute un petit nom d'amitié, vous savez. Peut-être quelque chose dans le genre de... euh... ah... de « patte à rose »... J'ai déjà entendu cette expression-là...

— Patte à rose! Nom de Zeus! s'exclama le docteur Kissock. Moi, j'ai entendu dire qu'ils appellent les femmes Ma Soie (1). Bien entendu... euh... aux moments les plus tendres.

— Ma Soie! fit le docteur Garrett en écho. Voyez-vous ça! Mais je crains que ça ne fasse un peu comique dans une conversation. Vous savez, ça me fait penser à ce type qui fait des livres de guerre pornos — enfin... euh... « Attends au moins que je m'assoie, ma soie! »... « Oh oui, c'est soua-soua, ma soie... » Hmm... Des choses dans ce goût-là!

(1) Soie : Silk, nom parfois donné par les Noirs à la femme blanche.

— J'avoue que ça fait assez cocon, reconnut le docteur Garrett. Mais vous croyez que... euh... patte-à-rose le serait moins? Mettons... euh... « Je te pattarose, tu me pattaroses... » à moins qu'ils ne disent : « Tu me pattaroses, je te pattanoire?... » Enfin, laissons ça aux anthropologues!

— Très juste, dit le docteur Kissock.

Le docteur Garrett songea immédiatement à se décharger de sa mission sur ce boursier Rothschild si zélé qui l'avait raccompagné chez lui récemment, en sortant d'une des soirées de Mamie. Mais, nom d'une pipe, comment s'appelait-il, ce garçon?... Il avait fait un bouquin sur les baleines... Jonah (1), parbleu! C'était bien ça! Jonah Belly (2)! Mais ce devait être un pseudonyme... Pourtant, ça semblait un peu scabreux, pour un type qui se faisait appeler Jonah Belly, d'écrire un livre sur les baleines... Le docteur Garrett préféra s'en remettre à sa secrétaire.

— Ce type se fait appeler Jonah Belly, expliqua-t-il. Mais, connaissant les boursiers, ça ne m'étonnerait guère qu'il se nommât tout bonnement Jonah Johnson.

Ainsi aiguillée, la secrétaire du docteur Garrett n'eut aucune peine à retrouver Jonah Johnson, dont le nom figurait en tête d'une demande de bourse Rothschild.

Mais il ne vint pas à l'esprit du vrai Jonah Johnson, ancien correspondant de guerre et candidat boursier à la Fondation Rothschild, que le président de ladite Fondation se laisserait aller à employer un vocabulaire si peu orthodoxe. Le docteur Garrett avait prononcé le mot soie? Il s'agissait donc de l'étoffe tissée avec les sécrétions lustrées du bombyx. Et si le docteur Garrett souhaitait

(1) Jonah : Jonas.
(2) Belly : ventre, par allusion au ventre de la baleine.

entrer en relations avec le fournisseur attitré de Wallace Wright, spécialisé dans les soieries, c'était certainement avec l'idée de se faire faire quelques chemises. Et Jonah Johnson n'allait pas laisser languir le docteur Garrett, amateur de chemises de soie.

Il s'en fut donc, sans plus attendre, chez Mamie Mason. Une chose, en effet, était certaine : si Mamie ignorait le nom du marchand de soieries de Wallace, personne ne pouvait le connaître. De plus, un homme chargé par le docteur Garrett d'une importante mission pouvait toujours compter se faire offrir un verre ou deux chez Mamie... Mais en chemin, Jonah rencontra une *Soie* dont le nom lui était connu et, quand il arriva chez Mamie, il était trop tard.

Cependant, le Révérend Mike Riddick avait longuement médité sur le sort de ce grand leader noir, Wallace Wright, et sur les tentations de la chair qui avaient égaré ce pauvre pécheur. Et, à force de méditer, il fut pris d'une soif irrésistible — il avait soif de thé. Or, pour se faire offrir un thé, l'endroit le plus propice était, sans conteste, l'appartement de Mamie Mason, car le Révérend, dûment affranchi par Kit Samuels, savait qu'à ce moment même Mamie Mason était en train de servir le thé. Plein de confiance en la Providence, il s'en fut donc en toute hâte chez Mamie Mason.

— Je vous salue, chère hôtesse, que le Seigneur vous bénisse et vous protège, fit-il avec chaleur. Je sais que je n'ai pas été invité, mais je ne puis croire que vous refuseriez une tasse de thé à un homme d'église.

— Du thé ! fit Mamie, éberluée. Depuis quand buvez-vous du thé?

— J'en ai toujours bu, répondit le Révérend Riddick. En vérité, j'aime le thé. C'est recommandé pour la vessie.

— S'il s'agit bien de thé à boire, dit Mamie, je n'en ai pas fait. Nous, on se prépare à faire passer une limande à la friture...

— Tiens? Vous faites du poisson frit? dit le Révérend Riddick en flairant l'atmosphère comme un chien de chasse une piste toute fraîche. Saviez-vous que le poisson frit soutient l'esprit chrétien?

Mamie éclata de rire :

— Je comprends votre point de vue, dit-elle. Mais on n'a pas grand-chose à se mettre sous la dent...

— Pas assez de poisson? s'exclama le Révérend Riddick, surpris. Si notre Seigneur a rassasié une foule immense avec cinq petits poissons, je suis sûr que vous pouvez contenter un frère en religion.

— Je ne suis pas le Seigneur, dit Mamie. Et puis, on est là entre femmes.

— Rien que des femmes? Des femmes seulement? Des servantes du Seigneur?... Mais il faut que je vous bénisse, toutes, tant que vous êtes!

— Vous nous bénirez une autre fois, dit Mamie. Pour l'instant, nous discutons d'une petite affaire très intime...

— Intime! Le Révérend Riddick se redressa de toute sa taille et demanda, sévère : — Y aurait-il quelque propos immonde à cette réunion de femmes, pour que vous souhaitiez éloigner un ministre du Très-Haut?

Mamie fut donc obligée d'inviter le Révérend Riddick à entrer et à inspecter la petite réunion innocente. Le Révérend Riddick entra et inspecta, et, dès qu'il eut constaté que Kit Samuels était encore là, il parut satisfait de ce qu'il voyait.

— Comment allez-vous, madame Samuels? fit-il aimablement. Que le ciel vous protège en votre innocence et vous garde de la bigoterie et de l'hypocrisie que l'on observe parfois parmi les gens de votre race.

— Oh ! Révérend Riddick, dit Kit Samuels, ne vous laissez pas abattre, surtout. D'ailleurs, si vous perdez pied, je vous tends ma perche.

— Rien ne me plairait davantage que de goûter de votre poisson, répondit le Révérend Riddick d'un ton solennel en se coinçant sur le banc, à la table de la cuisine, et en appuyant résolument sa grande cuisse dure contre la petite cuisse tendre de Kit. Et maintenant, inclinons la tête un instant et remercions le Seigneur pour le poisson que nous allons recevoir.

Le Révérend Riddick remercia le Seigneur pour le poisson qu'il s'apprêtait à recevoir avec une ferveur si singulière que l'on put entendre Maiti Brown s'étonner à voix basse :

— Bonté divine ! Mais qu'est-ce qu'il entend par « poisson » ?

— Moi, ça me plaît qu'un homme ait du goût pour le poisson, déclara Merto. Au moins, avec un homme qui aime le poisson, on sait où on va. Enfin, je veux dire, on n'a pas besoin de se casser la tête en se demandant s'il aime ceci ou cela... du moment qu'il aime le poisson... enfin...

— Si les amateurs de poisson vous bottent tellement, coupa Kit Samuels, vous n'avez qu'à vous en dégotter un.

— Oh ! je ne songe pas à vous disputer un homme, je vous assure, protesta Merto. Je veux dire, faites comme bon vous semble, et moi, de mon côté, je ferai comme bon me semble... enfin...

— Mesdames, songez-y ! Il est plus doux de donner que de recevoir, intervint le Révérend Riddick. Permettez-moi donc de vous combler toutes les deux, en acceptant du poisson de l'une et de l'autre.

Mamie se rendit compte que si ce malentendu sur le poisson se prolongeait, elle allait perdre le contrôle de la situation. Elle s'apprêtait donc à confier à Kit Samuels une mission extérieure, fort périlleuse, qui exigerait la participation d'un homme à la fois fort et courageux, quand l'arrivée d'Art Wills en quête de Wallace Wright créa la diversion souhaitée.

Debbie écumait de rage.

— Je me demande bien ce qu'il a fait de mon enfant? s'écria-t-elle.

— J'ai trouvé une garde pour s'occuper de ton enfant, répondit Art. Mais si ton enfant balance encore le chat par la fenêtre, ne t'avise pas de l'appeler *mon* enfant, car quand on travaille dur, comme je le fais, pour vous faire vivre toutes les deux, on n'admet pas que quelqu'un d'autre porte culotte à la maison.

La colère de Debbie ne fit que croître. Elle rétorqua qu'il n'était pas question pour elle de porter culotte, mais pour Art de donner plus d'attention aux jupons de sa famille. Du coup, son enfant ne ferait plus de semblables bêtises.

Comme de bien entendu, Art fut terriblement contrarié d'être accusé à si juste titre. Il aggrava son cas en répliquant que, si sa femme ne lui avait pas menti en prétendant aller voir sa tante à Far Rockaway, il ne serait pas monté chez Mamie pour commencer, qu'il serait lui-même parti à Far Rockaway, ou plus loin encore. Tout ce qui l'intéressait, d'ailleurs, c'était de lire l'autobiographie de Wallace Wright.

— Et nous donc! s'exclama Maiti Brown.

Cette fois-ci, Art fut sauvé par l'arrivée d'Eddie Schooley et de son directeur littéraire Lou Reynolds.

Plus tard, tous deux devaient nier farouchement être venus chez Mamie ensemble.

Lou déclara que, passant dans le quartier, il avait simplement fait un saut chez Mamie, histoire de boire un verre, sans d'ailleurs se douter un seul instant de ce qui s'y passait.

Quant à Schooley, il jura jusqu'à la mort qu'il avait été invité personnellement par Mamie Mason à une séance de spiritisme et que cela seul expliquait l'exclamation qu'il avait poussée en pénétrant dans l'appartement : « Nom de nom, y a de la goule (1) dans le secteur ! » En fait, il avait fait allusion au malaise qui l'avait saisi au moment où, en compagnie de Lou, il sortait de l'ascenseur, en entendant grincer des portes de chaque côté du palier et en sentant sur lui le regard d'inconnus embusqués dans les recoins sombres.

Mais les dames noires présentes pensèrent tout naturellement que ce terme s'appliquait à elles, « goules » étant un nom inventé par les Blancs pour désigner les personnes de couleur, lesquelles rendent la politesse aux Blancs en question en les traitant de « pétras ». Inutile d'ajouter que ces dames, fort choquées, exprimèrent leurs sentiments en un langage choisi, qui fit rougir les personnes de race blanche.

— Tout ça, c'est un malentendu, intervint Art, volant au secours de Schooley. Il ne parlait pas de goules vivantes, mais de goules mortes !

Cette précision n'arrangea pas les affaires d'Art, bien au contraire.

— Eh bien, si vous me prenez pour une refroidie, cria Kathy Carter en faisant claquer ses doigts sur le mode indigné, je vous jure que vous aurez beau me secouer, vous n'entendrez pas mes os s'entrechoquer, si vous voyez ce que je veux dire...

Mme Kissock choisit ce moment-là pour téléphoner au

(1) Spook : terme de mépris employé par les Blancs pour désigner les Noirs.

docteur Kissock. Le docteur Kissock raconta en peu de mots comment Wallace avait déjoué le piège, et loua Art qui avait su prévenir Wallace à temps et l'empêcher de se rendre chez Mamie Mason.

Inutile de dire qu'en apprenant cette bonne nouvelle Mamie écuma de rage :

— J'ai réchauffé une vipère dans mon sein ! ragea-t-elle.

Mais Art fut si soulagé de pouvoir nier quelque chose en toute sincérité, qu'il se lança dans des protestations trop éloquentes pour être vraisemblables.

— Ne méprisez pas votre talent, fit le Révérend Riddick avec reproche. Si les indices n'existaient pas, le crime serait roi.

Art fut touché au cœur par cette accusation imméritée. Il affirma qu'il n'était pas, et n'avait jamais été, ni indice ni serpent, qu'il n'était qu'un simple protestant de race blanche, qui n'avait pris part à aucune inquisition.

— Une bonne action est comme une lumière qui brille, énonça Mme Kissock. Il faut qu'elle éclaire... ah, misère !... j'ai oublié ce qu'elle doit éclairer !

— Les serpents qui s'introduisent dans ma maison, qui mangent mon poulet frit, boivent mon bon whisky et qui m'en remercient en m'espionnant, eh bien, je peux dire qu'ils déshonorent la race blanche, déclara Mamie.

— Je n'ai pas revu Wallace Wright, dit Art, depuis la grande soirée que vous avez donnée en son honneur, et c'est tant mieux ainsi, parce que je lui aurais conseillé de se méfier des Grecs porteurs de présents.

— Et voilà qui prouve que vous êtes un fieffé menteur, rétorqua Mamie, car, de ma vie, je n'ai donné de soirée en l'honneur de Wallace Wright.

— Elle a raison, Mamie, renchérit Schooley. La soirée a été donnée en mon honneur à moi.

— Mais, j'avais cru, moi, que c'était en l'honneur du docteur Kissock, intervint Mme Kissock.

— Si les présents avaient été de vrais présents — des diamants ou des trucs comme ça — je dirais, moi, qu'à cheval donné on ne regarde pas les dents, même si c'est un Grec qui vous l'offre, déclara Merto.

— Moi, j'ai connu une fille qui s'est esquinté l'estomac, à force de manger dans un restaurant grec, remarqua Bessie Shirley.

— Cette soirée a été donnée pour des Grecs? Première nouvelle! s'écria Maiti Brown.

— Et qui plus est, Art Wills est le Judas qui a commencé par trahir Wallace Wright, si vous voulez tout savoir! dit Mamie.

— Je n'ai pas pu trahir Wallace, pour la bonne raison que je ne sais même pas ce qu'on lui reproche, protesta Art.

Patty Pearson n'était pas femme à voir lapider son prochain sans lui jeter sa petite pierre personnelle :

— C'est bien Art pourtant qui a ramené Juanita chez moi, pour qu'elle surprenne Wallace en flagrant délit, déclara-t-elle.

— Je le nie de la façon la plus formelle, dit Art avec l'absolue candeur de l'amnésique.

Mamie fut prise d'une telle rage en entendant Art nier un délit qu'en déployant mille ruses elle avait eu tant de mal à lui faire commettre, qu'elle déclara :

— Julius est témoin! Je sais bien que je l'ai envoyé pour vous ramener avec Juanita chez Patty. Vous n'allez pas le nier quand même!

— Moi, je ne supporterai pas qu'on persécute ainsi frère Wills sous mes yeux, dit le Révérend Riddick. Même s'il ment!

— Moi, c'est sans importance, dit Art. C'est surtout

frère Wallace qui est persécuté, parce que frère Wallace est pénétré du plus pur esprit chrétien, propre à son milieu.

— Au nom de la fraternité, dit le Révérend Riddick, que la femme qui n'a pas de pierres dans sa propre couche jette la prochaine pierre au frère Wright!

— Moi, je pourrais vous indiquer quelques-unes, parmi les personnes présentes, dit Mamie, qui voudraient se faire passer pour des modèles de vertu, alors que, dans leur couche, y a plus de cailloux que dans les Montagnes Rocheuses!

— J' suis peut-être pas un modèle de vertu, mais j'ai mes vertus à moi, déclara Kathy Carter en accompagnant ses paroles d'un claquement de doigts et d'un tortillement de la hanche.

— Celui qui s'emporte injustement contre son frère est en plus grand danger d'être rôti qu'une côte de porc première, dit le Révérend Riddick. Et que le frère soit blanc ou noir, ça ne change rien à la chose.

— Si mes souvenirs sont exacts, renchérit Art, d'après les Écritures, sous la peau, nous sommes tous frères.

— Miséricorde! s'écria Maiti Brown. On ne va pas les écorcher, maintenant?

— Si vous tenez à citer les Écritures, dit Mamie, moi aussi j'aurais quelques cailloux à envoyer dans la mare. D'abord, dans les Écritures, il est plus souvent question des dangers de la vérité qu'on ne veut bien l'admettre.

— La vérité est sainte, affirma le Révérend Riddick. D'ailleurs, il est dit expressément dans les Écritures qu'il est plus difficile à un menteur d'entrer dans le Royaume des Cieux que pour Maiti Brown — que le Ciel la bénisse! — de passer à travers le chas d'une aiguille.

Un seul regard à Maiti, qui pesait plus de cent kilos,

suffit à démontrer à quel point il était difficile, pour un menteur, d'entrer dans le Royaume des Cieux.

— Si vous voulez toute la vérité, intervint Mamie, autant vous dire tout de suite qu'Art Wills se trouvait ici, chez moi, et qu'il a téléphoné à Wallace Wright de le rejoindre chez Patty Pearson et qu'ensuite il a attiré Juanita dans le logis où Wallace abritait ses amours pour mieux le trahir.

— Moi, je suis capable de faire dire la vérité à n'importe qui, par la puissance de l'hypnotisme, déclara Schooley.

— Eh bien, pour l'amour du Ciel, faites dire la vérité à Art, implora Mamie.

Et c'est ainsi qu'Eddie Schooley fut amené à exercer son pouvoir hypnotique sur Art Wills.

Art se coucha sur le sofa et Schooley prit place dans un fauteuil près de lui, plongeant son regard dans les yeux d'Art et répétant d'une voix basse et insistante : « Dormez, dormez, je vous ordonne de dormir... »

Art avait eu une journée très éprouvante et le sofa était fort confortable. Quant à la voix monotone de Schooley, elle lui fit du bien, après les jacassements excités de ces dames. Art se dit : « Vingt dieux ! Ce serait trop bête de ne pas profiter de l'occasion pour piquer un roupillon ! » Il ferma donc les yeux et s'endormit.

— Il dort, déclara Lou Reynolds.

Schooley souleva la paupière d'Art, constata qu'il dormait pour de bon et en fut plus surpris qu'aucun autre membre de l'assistance.

— Art, levez-vous ! ordonna-t-il.

Évidemment, Art ne prêta aucune attention à cet ordre, car il dormait à poings fermés. En revanche, il se mit à ronfler.

Schooley en fut si désorienté qu'il ne remarqua pas qu'à son commandement Mamie Mason s'était levée à sa gauche et Patty Pearson à sa droite. Il posa doucement la main sur le front d'Art et demanda :

— Où est-ce caché, ami?

Si Art avait été éveillé, il n'aurait pas manqué de demander : « Où est caché quoi? » Mais, comme il s'était abstrait du monde extérieur, qu'il emplissait de ses ronflements, ce fut Mamie qui répondit à sa place, les yeux grands ouverts et fixés dans le vide, apparemment plongée dans un sommeil magnétique :

— C'est à la cuisine, ô maître!

Patty répondit simultanément, les yeux tout aussi fixes :

— C'est dans la chambre à coucher, ô maître!

Mamie coula à Patty un regard venimeux du coin de son œil hypnotisé et Patty lui répondit, du coin de son œil halluciné, par un regard de défi.

— Miséricorde! s'écria Maiti Brown, il s'est emmêlé dans ses fils.

Schooley était si médusé par la révélation inattendue de son extraordinaire pouvoir, qu'il restait planté là, tout bête.

Mais il n'en allait pas de même avec ses sujets. Ces deux personnes étaient bien trop avisées pour se laisser pénétrer par le fluide sans conserver une parfaite lucidité.

Donc, Mamie, pour sa part, prit les devants sur son hypnotiseur en déclarant :

— O maître, ta pensée me commande et je lui obéis! Je m'en vais de ce pas prendre la chose dans sa cachette et je te la rapporte aux fins d'inspection.

Mais Patty, de son côté, crut bon de défier Mamie en ces termes :

— O maître, si tu consens à me suivre, je te mènerai auprès d'eux, afin que tu puisses contempler le péché de tes propres yeux.

Et c'est alors que les pouvoirs occultes qui dirigeaient

les deux sujets entrèrent en conflit avec une violence telle, que les deux hypnotisées, tout en échangeant des regards acérés comme des poignards, saisirent le maître chacune par un bras.

— N'écoute pas cette garce pleine de duplicité, ô maître ! dit Mamie. La vérité n'est pas en elle.

— Ne te laisse pas abuser par les fallacieuses promesses de cette sorcière de l'entourloupe, ô maître ! interrompit Patty, sinon, gare aux ennuis !

— Lâche-le, espèce de vache ! brailla Mamie, dans un accès de fureur soudaine, en entraînant le maître vers la cuisine.

— J'ai autant de droits sur lui que toi, rétorqua Patty, ivre de colère, en entraînant le maître vers la chambre à coucher.

— Oh, misère ! s'écria Maiti Brown, horrifiée. Faut les déshypnotiser ! Vite !

— Seigneur ! fit le Révérend Riddick d'une voix apeurée. Le diable lui-même a pris possession de ces femmes !

Malheureusement, le maître ignorait la formule susceptible de libérer ses sujets de leurs transes. Il ne trouva qu'une solution qu'il espérait efficace et qui consistait à crier à tue-tête : « Réveillez-vous ! Réveillez-vous ! » Aucun de ses deux sujets, fort occupés à le déchirer en deux, ne prêta d'attention à ses injonctions. Mais Art s'éveilla brusquement. Et la première chose qu'il vit, ce fut cette grande brute d'Eddie Schooley en train de se colleter avec deux femmes. Chevaleresque de tempérament, Art se leva d'un bond, en criant : « Lâchez ces femmes, misérable ! » et, d'un coup de poing, il étendit Schooley knock-out.

— Miséricorde ! s'exclama Maiti Brown, au comble de l'horreur. Le diable en a pris un troisième !

Comme le maître était allongé par terre sans connaissance et que personne ne pouvait libérer les sujets de l'hypnose, Mamie en profita pour se précipiter à la cuisine. Elle en revint aussitôt, brandissant la demande en mariage, adressée par Art Wills à Brown Sugar.

— Le maître m'ordonne de te remettre ceci, ô ma sœur ! dit-elle en fourrant la lettre dans la main de Debbie. Ainsi toi, l'épouse du fourbe, tu seras éclairée sur sa fourberie !

Art, cependant, ne prêtait pas d'attention aux manigances de Mamie. A genoux sur le plancher, il se penchait sur ce pauvre vieux Schooley, cherchant à le faire revenir à lui, afin de lui demander pardon de son geste intempestif.

Et, quand Debbie, qui venait de prendre connaissance de la lettre, s'avança sur Art en criant : « Monstre ! », il se trompa sur le sens de cette apostrophe et expliqua :

— Je n'ai pas pu m'en empêcher. C'était comme si je te voyais, toi, à leur place !

Debbie, évidemment, interpréta cette explication de travers et eut une crise de nerfs. Mais le Révérend Riddick n'était pas homme à rester passif devant cette femme torturée.

— Laissez-moi faire, dit-il. Je lutterai avec le démon qui le possède et je le chasserai.

Entre-temps, Patty Pearson avait filé au fond de l'appartement et jeté un coup d'œil dans la chambre à coucher. Ayant découvert Merto en conversation intime avec Joe Mason, qui ne portait que son seul pyjama, elle prit la clef à l'intérieur de la salle de bains et, sans bruit, ferma la chambre de l'extérieur.

En fait, juste avant la séance d'hypnotisme, Merto était allée aux toilettes ; mais, comme elle en revenait vers le théâtre des opérations, Joe Mason avait entrouvert sa porte et avait fait : « Psst ! »

Aussitôt, Merto témoigna un vif étonnement devant cette salutation étrange, d'autant plus qu'elle émanait d'un monsieur vêtu de son seul pyjama.

— Je sais, dit-il, que j'abuse de la complaisance d'une invitée, mais le poisson étant à l'ordre du jour, je voudrais bien avoir une touche...

Bien sûr, il avait passé tout ce temps couché dans sa chambre, à respirer l'odeur alléchante du poisson frit et, tout naturellement, son appétit s'était éveillé.

Merto était bien placée pour le comprendre. Pourtant, elle dit :

— Le lieu et le moment me semblent peu propices... Je veux dire, avec toutes ces femmes dans les parages... et les autres aussi?... enfin...

— C'est bien pour ça que je m'adresse à vous, répondit Joe. Vous vous rendez compte? Si je vais là-bas dans cette tenue, ou même en peignoir, je risque de faire scandale... n'est-ce pas?... au milieu de toutes ces femmes!

— Allons, ce ne serait pas une affaire, dit Merto. Mais je vais quand même entrer chez vous pour réfléchir à tout cela. D'ailleurs, on se fait une idée beaucoup plus claire des choses quand on connaît le terrain... je veux dire, c'est pareil pour un général d'état-major... enfin...

Patty Pearson, cependant, avait remarqué le départ de Merto vers les toilettes. Et, toujours curieuse des faits et gestes de ses semblables, elle attendit son retour. Ne l'ayant pas vue réapparaître après un temps suffisant pour un séjour prolongé, mais avouable, dans un vulgaire cabinet, elle examina la chose sous tous ses angles et fit un calcul de probabilités.

Ce fut le moment que choisit Julius Mason pour faire son entrée en compagnie de Fay Corson, la riche et blonde divorcée de la 70e Rue Est. Julius était convaincu que Mamie était en route pour Chicago et avait tout lieu de croire que son frère Joe se trouvait encore à Buffalo. En un mot, il pensait amener Fay Corson dans un appartement vide.

Or, le hasard voulut qu'à l'arrivée de Julius et de Fay Corson Big Burley fût seul à faire le guet, derrière la porte de l'appartement d'en face. Et, par les effets conjugués de la logique policière et de l'expérience, il déduisit que Fay Corson était la folle maîtresse de Wallace Wright. D'abord, elle était la seule femme blanche qu'il eût vue entrer depuis le début de la réunion. D'autre part, elle était accompagnée par un inconnu de race noire — Big Burley, en effet, ne connaissait pas Julius. Enfin, il était évident qu'elle ne se serait pas fait accompagner par un étranger à travers Harlem, à moins que Wallace Wright ne fût déjà sur place à l'attendre. Et Big Burley n'était pas homme à se laisser prendre de court.

— Y sont là ! hurla-t-il à Juanita, qui s'était éclipsée à la cuisine pour boire un verre d'eau. Je l'ai vue !

— Oh ! fit Juanita, qui, d'émotion, avala de travers. Tapez-moi dans le dos !

— C'est pas le moment de vous taper dans le dos, madame, répondit Big Burley. S'agit de faire vite !

Là-dessus, il se rua à travers le palier, comme un bélier de combat, et, projetant sa puissante carcasse contre la porte rouge de style chinois, il l'arracha à ses gonds.

Le spectacle qui se présenta aux yeux de Big Burley aurait glacé le sang à plus fort que lui.

Debbie Wills avait une crise de nerfs.

Mamie Mason et Patty Pearson se crêpaient le chignon.

Le Révérend Riddick luttait avec Art Wills, se propulsant à travers la pièce avec des grognements de porc qui cherche des glands. De temps en temps, il braillait au démon qui avait pris possession de son adversaire : « Déguerpis, esprit immonde ! Sors de là ! »

Eddie Schooley, qui avait retrouvé ses esprits, rampait à quatre pattes sur le plancher, en s'efforçant d'éviter les pieds des combattants.

Kit Samuels poussait des cris aigus.

Bessie Shirley riait.

Maiti Brown, assise aux premières loges, sur le sofa, une indicible horreur peinte sur le visage, ne cessait de répéter à tue-tête :

— Le coup du lapin ! Faites-lui le coup du lapin !

Juanita, il va sans dire, ne suivit pas Big Burley dans l'antre de l'iniquité. Non pas que l'iniquité lui fît peur. En fait, l'iniquité la comblait d'aise. Mais elle avait juré de ne jamais mettre les pieds dans l'appartement de Mamie Mason, quelles que fussent les circonstances, et elle n'allait pas se parjurer. Elle resta donc sur le palier et dirigea ses troupes à travers la porte ouverte.

— Attrapez la femme ! criait-elle. Attrapez la femme !

Mais Big Burley n'était pas homme à se laisser dicter son devoir. Il saisit donc le Révérend Riddick et Art Wills en une étreinte d'ours et gueula, triomphant :

— Je vous y prends, tous les deux !

— Pas eux, espèce d'âne ! hurla Juanita de son G.Q.G. sur le palier. Ils n'ont pas des têtes de femmes, tout de même !

Burley libéra ses suspects et se gratta la tête.

— Non, madame, ils n'ont pas des têtes de femmes ! reconnut-il. Pour tout dire, je me croyais encore sur une affaire de catch truqué et, en fait de catcheurs faisandiers, ils se posent un peu là, ces deux cocos !

Patty hurla :

— Ils sont dans la chambre à coucher, idiot !

Du coup, Burley était à son affaire. Ce n'est pas pour rien qu'on l'avait surnommé Burley-Saut-du-Lit. Aussi, lorsqu'il arriva à la porte et la trouva fermée, jugea-t-il que le job était bouclé, pour ce qui le concernait tout au moins. D'autres se chargeraient du châtiment!

Au galop, il revint dans le salon et transmit au G.Q.G. du palier : « J' les ai chopés en flag', madame! Ils sont enfermés dans la chambre à coucher! »

Aussitôt :

Mamie Mason cessa de tirer les cheveux de Patty; Kit Samuels cessa de hurler, Bessie Shirley de rire; Maiti Brown perdit son air horrifié pour prendre un air scandalisé; le Révérend Riddick et Art Wills s'accordèrent une pause; Eddie Schooley retrouva la station debout; Mme Kissock dit : « Bonté divine! » et tous se ruèrent vers la chambre, en rangs serrés et en mission de reconnaissance.

Il était hors de question que Juanita restât à son G.Q.G. du palier, alors qu'un scandale aussi fumant couvait dans la chambre à coucher. Et, de toute façon, elle était la première intéressée dans l'affaire. Elle se précipita donc dans l'appartement de Mamie Mason — et au diable les serments! — et arriva juste à temps pour voir Big Burley défoncer la porte de la chambre.

Et, devant les yeux de l'assistance, apparut le pauvre vieux Joe, face à Merto, debout de l'autre côté du lit défait. Un Joe aussi nu dans son pyjama qu'un poulet déplumé et portant la culpabilité écrite sur le visage, comme il n'arrive qu'aux innocents.

Mamie flambait d'une colère muette.

Ce fut donc à Maiti Brown qu'il échut d'exprimer l'incongruité de la situation :

— Miséricorde! s'exclama-t-elle d'une voix chavirée. Elle n'a même pas ôté ses chaussures!

Quant à Joe, il fit preuve d'une indignation magnifique :

— Qui a fermé cette porte? cria-t-il.

Mais, pour logique que pouvait sembler la question, elle provoqua une grande gêne dans les rangs de ses bons amis, qui eussent souhaité une plus habile défense.

— Ce n'est pas mon mari! se hâta de préciser Juanita, de peur que quelqu'un ne la croie unie à un pareil imbécile.

Cette remarque perfide de Juanita eut le don d'exaspérer Mamie Mason.

— Ce n'est pas votre maison non plus! tonna-t-elle.

Cependant, Big Burley ne concevait pas d'être frustré de sa gloire, surtout après avoir démoli deux portes en excellent état.

— C'est pas mes oignons, madame, que vous soyez mariée avec lui ou pas, déclara-t-il. Vous avez loué mes services pour vous les choper, et personne il peut nier que je les ai proprement chopés.

— Chopés à quoi faire? s'insurgea Joe. Moi, ce que je voulais, c'est un plat de friture.

— C'est bien ce que nous pensons tous, dit Mamie.

— Allons, ne prononçons pas de jugements hâtifs, intervint le Révérend Riddick, cherchant à porter secours au frère Joe. Qui a vu quelque chose?

— Je suis tout à fait d'accord avec le Révérend, renchérit Art. Les apparences sont trompeuses.

— Mais, tout compte fait, dit Merto, qui d'après vous a été trompé dans cette histoire?

— Pas moi, en tout cas, affirma Mamie, écumant de rage.

— Moi, je ne peux vous dire qu'une chose, ma chère Mamie, fit Juanita, puisque c'est votre pointure, portez donc la chaussure!

— Et moi, il y a une chose que je ne comprends pas, prononça Merto. Si un pauvre garçon demande un peu de poisson... en quoi trompe-t-il son monde? Dans la mesure, évidemment, où il a vraiment envie de poisson...

— A force de parler poisson, on finit par aller à la pêche, déclara Kathy Carter. Si vous voyez ce que je veux dire...

— Moi, je ne reste pas une minute de plus ici, annonça Maiti Brown. Cette maison est pleine d'hameçons.

— Et je m'en vais lui limer la pointe, à un de ces hameçons ! déclara Mamie.

— Y a toujours une chose qu'on m'a pas expliquée, qui a fermé cette porte? s'entêtait Joe.

— Bonté divine ! s'écria Mme Kissock. Qu'adviendra-t-il maintenant des relations interraciales?

— Si vous voulez mon avis, répondit Kathy Carter, et pour mettre les choses au point, c'est les fringues qui fichent la pagaye dans les relations interraciales, si vous voyez ce que je veux dire.

— Quand Burley-Saut-du-Lit leur met la pogne dessus, ils sont pincés, et pour de bon, déclara Big Burley avec un regard affectueux à Joe. V'là bien la plus belle prise que j'aie faite de ma vie.

La séance fut interrompue par la sonnerie du téléphone.

— Ce doit être Wallace, dit Mme Kissock. Je dois lui parler.

Mais ce n'était que Moe, qui voulait annoncer à Joe la bonne nouvelle au sujet du rat, usurpateur de son domicile. Aussi, lorsque Mme Kissock eut décroché, pensant entendre la voix de son cher ami Wallace et cherchant déjà les mots les plus aptes à lui remonter le moral en cette période d'épreuves, reçut-elle un choc en entendant une voix éraillée, semblable à celle d'un gangster de cinéma, lui déclarer triomphalement :

— Ça y est, Joe ! Y a plus à s'en faire pour ce salopard de rat, nom de d'là ! J' l'ai ratatiné avec un tranchelard !

La pauvre Mme Kissock s'évanouit promptement.

Kit Samuels se remit à pousser des cris.

Debbie Wills eut une nouvelle crise de nerfs.

Le Révérend Riddick proposa à tous les pécheurs présents de les débarrasser, à la force du poignet, du démon qui les possédait. Et, tout en parlant, il se mit à sauter à pieds joints avec une telle frénésie qu'on l'aurait mis volontiers en tête de liste parmi les sujets à exorciser.

Joe Mason commença à se rhabiller, et tant pis pour les dames!

Mamie entreprit de coucher les invités les plus mal en point : Mme Kissock dans la grande chambre; Debbie Wills sur le divan; Kit Samuels sur le sofa de la pièce de séjour, ce sofa qui avait permis à Maiti Brown d'assister aux premières loges et avec une émotion appropriée à tant de scènes d'horreur.

Merto annonça à Mamie qu'elle allait être obligée de partir.

Mamie dit à Merto d'aller se faire voir.

Big Burley voulut savoir qui allait lui payer son travail. « La plus belle prise que j'aie faite de ma vie! » répétait-il.

Mamie lui plaça un coup de pied dans les côtes et déclara :

— La voilà, votre paie!

Quand la brune Alice Overton vit la blanche Merto quitter les lieux, elle s'en fut en toute hâte chez elle, retrouver le noir Willard.

La brune Dora Steele dit au blanc Lou Reynolds :

— N'est-ce pas affreux?

— Terrible, acquiesça-t-il.

— Les Noirs, les Blancs... c'est toujours la même chose!

— N'est-ce pas épouvantable? fit Lou.

— Mais ce n'est pas plus terrible que d'être mariée à un impuissant, déclara Dora.

— En effet, opina Lou.

— Des fois, ça pourrait être moins affreux que c'en a l'air, sauf que ce n'est pas le cas, expliqua Dora.

— Mais... y en a, là-dedans! s'écria Lou, admiratif.

Le regard de Dora indiquait clairement qu'elle était prête à lui offrir tout ce qu'il y avait là-dedans.

Le regard de Lou indiquait clairement qu'il ne demandait pas mieux que d'accepter ce qu'il y avait là-dedans.

— Je voudrais vous faire connaître une amie à moi, une fille très intelligente, qui habite tout près d'ici et qui aime les sujets élevés, dit Dora. Il faudrait qu'elle soit chez elle, bien sûr...

— J'espère qu'elle sera chez elle, répondit Lou. J'aime les sujets élevés!

Ils s'en allèrent donc ensemble, en quête d'un sujet élevé.

Schooley était toujours excité par ses exploits d'hypnotiseur.

— Faut me rendre justice, quand même, ne cessait-il de répéter.

Mamie lui tapa sur le crâne avec le talon de son soulier.

— Je vous la rends, votre justice! dit-elle.

Plus tard, Schooley devait expliquer à ses amis que les femmes, trop impétueuses de nature, n'étaient pas de bons sujets pour l'hypnotiseur.

Kathy proclamait qu'elle comprenait Joe cent pour cent, car quand on lâche un taureau parmi les vaches, faut pas s'étonner si ça fait des veaux.

Mamie ordonna à Kathy de disparaître de sa vue.

— Si c'est à moi que vous parlez, cria Kathy, tout indignée, je vous dirai que je n'ai pas été invitée ici, pour commencer. Je suis là pour prendre les notes de Joe.

— Vous avez été prise de vitesse, mon chou, et vos notes avec ! fit Patty Pearson avec malice.

— Miséricorde ! s'écria Maiti Brown. Quelle journée ! Entre les notes et le poisson...

Mamie déclara qu'elle saurait gré à tout le monde de débarrasser le plancher.

Entre-temps, Julius et Fay avaient mené à bien leur petite affaire, celle-là même, sans doute, qui les avait amenés sur les lieux.

Quelques autres personnes présentes songeaient aussi à diverses affaires.

Kathy et Art s'en allèrent le long du trottoir, occupés par leurs affaires personnelles. Kathy consolait Art en lui faisant remarquer que, si elle n'appartenait pas au beau monde, comme Mamie, elle ne craignait personne quand il s'agissait de prendre des notes.

Le Révérend Riddick et Merto descendaient, eux aussi, la rue, occupés par leurs propres affaires. Le Révérend Riddick consolait Merto, si injustement accusée.

— C'est comme ça que j'ai perdu ma femme, dit-il. Elle avait le jugement trop hâtif.

— Vous, un homme d'église ! s'écria Merto. Je veux dire : vous en savez si long sur le péché, que vous auriez dû le cacher mieux que ça... enfin... grâce à votre science...

— Voyons, ma chère enfant, ça n'a rien à voir avec le péché, dit le Révérend Riddick. Elle ne m'a jamais pris sur le fait ! C'est seulement que je me faisais un devoir d'expulser le démon de ses amies et connaissances, quand elles venaient lui rendre visite. Et, une fois que je les avais débarrassées du malin qui les tenait, on ne les revoyait jamais plus.

— Comment leur en vouloir? fit Merto. Je parle de votre femme, évidemment. Comment pouvait-elle leur en vouloir? Elle ne devait pas avoir beaucoup de religion, si elle ne s'en réjouissait pas... je veux dire, si vraiment vous les débarrassiez du démon...

— C'est ça le drame, expliqua le Révérend Riddick. Elle en avait beaucoup trop, de religion. Elle s'était mis dans la tête que je cherchais à sauver leurs âmes !... Vingt dieux ! Moi, tout ce qui m'intéresse, c'est une bonne séance de lutte !

Et qu'arriva-t-il à Wallace Wright au cours de cette journée si fertile en déboires et en afflictions? Disons-le tout de suite, Wallace avait eu assez de jugeotte pour ne pas monter chez Mamie Mason cet après-midi-là, malgré les déclarations de Mme Kissock sur le prétendu voyage de Mamie pour Chicago.

Après avoir, dans un chevaleresque souci de ne pas froisser les sentiments de Mme Kissock, approuvé les grands projets exposés par cette dame, il s'en fut, tout bonnement, dans un autre hôtel, où il s'inscrivit sous un autre nom.

Et qu'arriva-t-il à Peggy? Strictement rien ! Personne ne lui avait parlé de quoi que ce soit et elle passa sa journée au lit.

Et qu'arriva-t-il à Joe, après qu'il eut précipitamment quitté son heureux foyer? Il s'en fut en toute hâte à son bureau de la 125e Rue et commanda par téléphone au fleuriste un gros bouquet de roses rouges qu'il fit porter à Mamie, avec sa carte. Puis il téléphona au boucher et lui commanda la plus grosse dinde qu'il eût en magasin, en précisant qu'il fallait la livrer à Mamie avec sa carte. Puis il téléphona à la gare du Grand Central pour retenir sa place pour Buffalo.

Et que fit Mamie, après le retentissant échec de son complot si patiemment monté? Eh bien, Mamie était capable de tirer quelques miettes de satisfaction de la plus noire des catastrophes. Au moins, avait-elle réussi à attirer chez elle cette sale garce, cette gueule de raie de Juanita Wright, et sans invitation encore! Et cette petite miette de contentement donna à Mamie une telle fringale, qu'elle téléphona à son boucher et lui commanda le plus gros jambon qu'il eût en boutique, car ce qu'il lui fallait maintenant, à Mamie, c'était un bon gros bout de barbaque, avec un os dedans, afin qu'elle sache sans erreur possible que c'était bien de la chair et non du poisson. Elle était convaincue que, si elle s'installait, peinarde, tranquille pour se taper un bon gros jambon — un seul — tout reviendrait dans l'ordre. Elle ne se doutait pas, bien sûr, qu'une dinde allait lui parvenir ce même jour.

Mais tout ça ne vient que pour démontrer que Mamie Mason avait la foi.

HARLEM, U.S.A.

LE JAMBON ET LE PROBLÈME NOIR

C'était un jambon précuit, pesant dans les sept kilos. Et Mamie en mangea deux bonnes tranches bien grasses, pendant qu'elle faisait revenir à la poêle deux autres grosses tranches, histoire de tromper son appétit, pendant que le jarret cuisait à la marmite, le jarret de porc bouilli étant, comme chacun sait, un sûr remède contre les chagrins intimes.

Quand le reste du jambon, qui avait été mis au four, fut doré à point, Mamie put enfin se mettre à table et connaître l'unique et sensuel plaisir d'engloutir un jambon rôti. Ceci fait, elle entra en titubant dans la pièce de séjour, se laissa choir dans le grand fauteuil, et s'abandonna à la plus voluptueuse des hébétudes qu'il lui eût été donné de goûter depuis qu'elle avait commencé à suivre son régime.

Elle n'était même plus en colère contre Joe. Il pouvait s'enlever Merto ou toute autre, à son choix, si Mamie recevait en compensation son gros jambon quotidien. Quant à Wallace Wright, elle l'avait, pour ainsi dire, oublié. D'ailleurs, il y avait si peu de rapport entre lui et un jambon... Et elle se foutait bien que Juanita vienne ou ne vienne pas à ses réceptions. En fait, les réceptions, ça ne l'intéressait plus. Pendant un moment, elle songea même à transformer son Bal Masqué en foire aux jambons. En somme, tous ces gens qui s'agitaient en discutant de relations interraciales et de déségrégation auraient dû se rendre compte qu'au fond et à tout prendre, la seule vraie solution du problème noir était le jambon cuit au four.

On comprendra donc aisément que Mamie n'était guère disposée à s'entretenir de bagatelles, lorsque ses malades eurent retrouvé quelque santé.

Ainsi, quand Mme Kissock chercha à savoir où reposait le corps de Wallace Wright afin de lui envoyer des fleurs, Mamie lui conseilla-t-elle gravement de lui expédier plutôt un jambon cuit au four, si le problème noir lui tenait vraiment à cœur.

— Je n'en ferai rien, déclara Mme Kissock. C'est déjà assez triste que mes frères de race, mal intentionnés, accusent de pauvres Noirs innocents de voler des jambons sur cette terre, sans envoyer au Ciel Wallace Wright, ce grand leader de race noire, avec un jambon sous son aile, un jambon que certains anges de race blanche — sinon le Seigneur lui-même — ne manqueraient pas de qualifier de marchandise volée!

Mamie répliqua :

— Voyons, faut qu'il le mange, son jambon, Wallace! C'est de l'honnête came!

— Cham, dites-vous? Mais un Noir ne devrait jamais en manger! s'écria Mme Kissock. Songez que vous êtes les descendants de Cham! C'est comme si vous mangiez votre propre grand-père!

— Si mon grand-père était fait en jambon, dit Mamie, à l'heure qu'il est, il serait mariné à point, et je me ferais un plaisir de le manger.

Mme Kissock s'en alla précipitamment, en se jurant de ne plus jamais remettre les pieds chez Mamie ni de prêter son concours à aucune de ses œuvres.

Quand Kit Samuels s'enquit sur le Révérend Riddick, Mamie lui répondit que le jambon serait encore plus recommandé pour ce qu'elle avait que le Révérend Riddick. Kit protesta qu'elle n'y tenait pas plus que ça, mais voulut savoir qui était ce nommé Jambon qui prétendait rivaliser avec le Révérend Riddick. Lui avait-il déjà été présenté?

Debbie Wills cherchait à soutirer à Mamie des tuyaux supplémentaires sur cette Brown Sugar avec qui son mari s'était embringué. Mamie regarda Debbie de son regard vitreux de femme gavée et expliqua d'une voix rêveuse :

— Tout ça, c'est une histoire de jambon, mon chou. Pensez seulement à de gros jambons, dorés à point...

En fait, dans l'état où elle se trouvait, Mamie ne reconnaissait même plus Debbie. Elle songeait vaguement à fonder une grande famille de jambons. Mais Debbie crut comprendre que Mamie la rendait responsable de ses malheurs, car ses maigres jambons, pâles et peu appétissants, ne souffraient pas la comparaison avec les gros jambons dorés à point de Brown Sugar. Aussi quitta-t-elle promptement l'appartement de Mamie, en se jurant de ne plus jamais y revenir. Elle fit mieux — elle passa à son appartement chercher sa fille et retourna chez sa mère, en ne laissant à Art que le chat boiteux pour lui tenir compagnie.

Quant au Révérend Riddick, il eut la malchance de tomber sur Maurice, en arrivant au domicile de Merto. Il songea à terrasser Maurice en une séance de catch, mais Merto le dissuada vivement de commettre cet acte insensé.

Enfin, quand Julius Mason eut liquidé ce qu'il avait à faire avec Fay Corson, il remonta au bureau de Joe, apparemment avec l'idée de donner une suite à l'affaire de son frère. En tout cas, Kathy se mit à prendre ses notes avec la conscience et la régularité dont toujours elle faisait preuve en travaillant avec Joe.

Et tout cela pour démontrer que la foi peut avoir deux visages, mais que son pouvoir, de toute façon, est indéniable.

MANHATTAN, U.S.A.
DE LA SOIE AU JAMBON

Voici comment il advint que le soulier changea de pied ou, si l'on préfère, que la légendaire brebis galeuse réapparut sous l'aspect d'un agneau d'astrakan, ce qui au fond revient au même.

Car le bruit se répandit, on ne sait comment, que de distingués négrophiles abandonnaient en foule leurs épouses blanches, après des années de vie conjugale, pour les beaux yeux de Harlémettes à la peau brune, et que la pourvoyeuse de ces messieurs n'était autre que l'illustre sous-broche Mamie Mason. Ce fut un beau vacarme parmi les personnes blanches du beau sexe, pire encore que celui provoqué à Richmond (Virginie) par le règlement autorisant l'usage des fontaines publiques aux gens de couleur. De nombreuses dames qui, de notoriété publique, avaient honoré de leur présence les réceptions de Mamie Mason, furent soudain frappées de négrophobie aiguë, si bien que leurs médecins traitants y perdirent leur latin et diagnostiquèrent l'hydrophobie, sans pour autant réussir à localiser la morsure, ni, bien sûr, à retrouver le chien enragé. Tant et si bien que le seul fait d'être un ami de Mamie Mason vous classait dans les négrophobes.

Évidemment, chacun sait que bruit qui court n'amasse pas vérité. D'autant moins que la rumeur publique ne savait se contenter de la version de première source, selon laquelle Mamie recevait de chaque Blanc mille dollars pour une femme noire et que les Noires lui en donnaient autant pour un homme blanc. Tout cela était, on s'en doute, bien trop banal pour satisfaire la rumeur publique. Il ne fallait voir là que des amuse-gueule, tout juste bons à alimenter les cancans mondains quelque peu épicés, émoustiller la curiosité et faire patienter les amateurs. Tout cela, en somme, aurait pu être inspiré par un chapitre de quelque roman historique à succès. Mais ce qu'exigeait la rumeur publique, c'était une de ces bonnes histoires tout en or, propre à glacer le sang d'un hérétique.

La rumeur publique était saoule comme une grive saoule. C'est à se demander à quoi elle carburait... histoire de s'humecter avec le même pétrole...

En fin de compte, la rumeur publique élabora une théorie, selon laquelle Mamie Mason dirigeait une sorte de culte pour gens de couleur avec, pour objectif, le métissage de la race blanche tout entière. Toujours selon la Rumeur, le mot d'ordre était d'opérer des descentes massives sur tous les hommes de race blanche, assez fous pour avoir dépassé la quarantaine, et sur tous les moins de quarante ans qui : 1° aimaient les gâteaux au chocolat; 2° buvaient du café, de préférence au lait; 3° s'intéressaient à l'arrière-train des dames; 4° travaillaient tard au bureau; 5° n'étaient pas voués au blanc, ou plutôt à la blanche.

Les dames au teint pâle ne s'inclinèrent pas devant le fait accompli. Elles furent même assez avisées, en ces conjonctures, pour combattre le feu par le feu.

Et c'est là l'origine d'un des grands phénomènes sociaux du XXe siècle : on vit en effet des personnes de race blanche parfaitement équilibrées et fort raisonnables mettre tout en œuvre pour devenir noires. Les sociologues futurs ne manqueront pas d'étudier cette obsession dans des essais ainsi titrés : *Développement de la marche en canard parmi les populations urbaines.*

Chacun sait, bien sûr, que des millions de personnes blanches cherchent à obtenir ce même résultat dans certaines régions bien définies, telles la Floride et la Côte d'Azur, mais, dans leur cas, la chose est parfaitement acceptable, car il est évident que les Blancs qui n'hésitent pas à acheter à un prix exorbitant le droit de se rôtir sous un soleil, par ailleurs, parfaitement gratuit, et si chaud que la moyenne des gens ne l'auraient pas accepté en cadeau, ces Blancs, donc, doivent être acquittés au bénéfice de la folie. Mais les dames blanches, citées plus haut, qui défendaient leur intégrité contre la conjuration de Mamie Mason, décidée à noircir toute la race blanche, étaient aussi saines d'esprit que vous et moi.

En conséquence, il y eut instantanément une ruée sur les lotions brunissantes et les lampes à rayons ultraviolets. Pourtant, très vite, on se rendit compte qu'elles ne donnaient pas le résultat escompté. Quand une dame blanche s'est mis dans la tête de noircir, elle ne se contente pas de demi-teintes.

Comme de bien entendu, une foule de spéculateurs sans scrupules exploitèrent la situation. La maison de produits de beauté, qui se faisait de modestes revenus avec cette crème éprouvée qui avait nom Passoblan, et promettait le blanchissement des peaux les plus noires, lança immédiatement, sur le marché blanc, un nouveau produit, appelé Passonoir qui, en fait, avait la même composition que le premier, sauf que le décolorant au chlore y était remplacé par de l'encre d'imprimerie.

Les fabricants des deux produits bien connus « Décrêpos » et « Crêpomor », qui aplatissaient sous garantie les chevelures les plus crépelées et avaient, en fait, une composition identique : lessive de potasse et amidon, ces fabricants, donc, imitèrent sans délai les inventeurs de Passonoir. Le saindoux remplaça la lessive de potasse et, après mélange avec l'amidon, la crème fut mise en vente dans le quartier du centre, sous le nom de « Crêpos » et de « Crêpovit », avec garantie de crêper la chevelure la plus plate.

Ayant observé que ces produits capillaires avaient des débouchés immenses, un fourreur astucieux, mais menacé de faillite pour avoir stocké une trop grande quantité de peaux de mouton en vue de la confection de manteaux en agneau des Indes, se mit à fabriquer ces perruques sensationnelles que la mode adopta aussitôt : Prestoc et Bourrucoif, pour les victimes des produits crêpeurs, atteintes de calvitie.

Un représentant de commerce retraité reprit du service en proposant des sels de bains en poudre, avec l'assurance qu'une immersion quotidienne allait faire virer la peau blanche au brun riche et profond, le prix du produit étant fixé à dix dollars la livre. Un seul ennui : ces sels de bains avaient l'aspect, l'odeur et même le goût du café instantané, si bien que certains maris burent la mixture par erreur, au petit déjeuner, et avouons qu'à ce prix c'était vraiment cher la tasse!

Après cela, Pierre, Paul, Jacques, n'importe quel compère qui avait pu mettre la main sur une sacoche de courtier, se jeta dans la mêlée. Un luron vendit des racines à mâcher qui rendaient bleues les gencives. Un autre, de petits maillets de bois avec lesquels on se tapait sur les ongles pour en assombrir la lunule. Bien entendu, il y eut aussi le gang des médecins qui vous vendait des élongateurs de pieds, et un gang concurrent qui vendit des aplatisseurs de semelles. Enfin, un boxeur mit au point un procédé breveté pour l'aplatissement du nez; malheureusement, quand il eut aplati le nez de son premier client, il fut mis hors d'état de faire des affaires, avec une inculpation d'agression et de voies de fait.

Quelques chanteurs noirs en disponibilité trouvèrent une activité nouvelle en enseignant aux dames de race blanche à rire à la façon des Noirs, mais quand on s'aperçut que les asiles de dingues étaient bourrés de cinglées rieuses, l'entreprise périclita.

Bien sûr, les starlettes de music-hall, dont les bailleurs de fonds avaient été mis à sec et, du coup, avaient cessé de les intéresser, se débrouillèrent fort bien par leurs propres moyens grâce au cirage appliqué avec art. Il y eut même une chanteuse de second ordre qui, brusquement, trouva le filon en se noircissant la figure et en présentant une chanson qui, depuis, devint un classique : « Pappy ».

Le prospecteur le plus entreprenant fut un cireur de souliers de Harlem, nommé Blue, qui, un beau jour, en se regardant dans une glace, se rendit compte que sa peau noire valait, si l'on peut dire, son pesant d'or. Équipé d'une unique seringue hypodermique, il allait de porte en porte, vendant son sang aux dames qui souhaitaient assurer la permanence de leur état. Il n'avait même pas de boniment à faire, puisque chacun sait qu'une seule goutte de sang noir suffit à faire classer une personne parmi les Nègres. Or, le sang de Blue était du plus beau noir et il le vendait cinquante dollars la goutte. Une dame lui en acheta cinq, avec l'argent que son mari avait économisé pour ses vacances, et, quand il rentra, ce soir-là, elle l'enlaça impétueusement en disant : « Regarde-moi, mon amour! Ne suis-je pas d'un joli noir? » Si sa peau avait manqué de couleur, avant la ponction dans la caisse des vacances, elle vira, subséquemment, au noir profond, si bien que la dame fut parfaitement qualifiée pour interpréter « Pappy ».

Inutile de dire que le phénomène en question provoqua une confusion indescriptible parmi les visiteurs du Texas, de la Géorgie, de l'Alabama et autres lieux, qui croyaient que les parents et amis qu'ils venaient voir étaient aussi blancs qu'eux-mêmes. Les visiteuses arrivées du sud se barricadèrent dans leur chambre d'hôtel pendant toute la durée de leur séjour et refusèrent même de laisser pénétrer chez elles un domestique, à moins qu'il n'eût un certificat de naissance, signé par l'Oncle Tom lui-même.

Mais les dames blanches de New York découvrirent bientôt que la couleur noire, non seulement avait le pouvoir de retenir un mari, mais qu'elle donnait bien d'autres avantages : 1° elles ne risquaient plus, désormais, d'être mangées par des requins; 2° la saleté ne se voyait pas sur leur peau, ce qui leur permettait de se laver moins souvent; 3° elles pouvaient chahuter tant qu'elles voulaient, sans s'exposer aux regards réprobateurs des voisins; 4° elles n'avaient pas besoin de faire de laborieux efforts pour paraître intelligentes; 5° elles pouvaient faire leur ménage et empocher les gages de la bonne; 6° elles étaient débarrassées du complexe de culpabilité pour ce qui concernait le problème noir; 7° elles n'étaient plus obligées de commander du filet mignon, alors qu'elles avaient un faible pour le pied de porc au naturel; 8° et si les temps étaient durs, elles pouvaient aller au paradis, sans même avoir à mourir, les paradis du Père Divine (1) leur étant ouverts.

Cette situation devint si critique que des lignes de démarcation du type international furent tracées dans la 110e Rue et des postes d'inspection établis, sur le modèle de ceux qui avaient existé jadis à la frontière de la République californienne. Il fallut présenter son passeport pour franchir la ligne dans un sens ou dans l'autre et des visas furent exigés pour passer la nuit dans l'une ou l'autre zone.

On sait que le Révérend Riddick faisait personnellement la tournée du quartier de Harlem et imposait à tous les Blancs de sexe masculin une séance de lutte, afin d'obtenir la preuve de leurs sentiments fraternels. Inutile de dire qu'à l'issue du match, les frères en question désertaient la confrérie.

Cet état de choses provoqua une immense émotion parmi les responsables, de part et d'autre de la ligne de démarcation. Des campagnes éducatives, destinées à rassurer les deux partis, furent lancées en toute hâte sur les ondes des chaînes nationales. Des anthropologues expliquèrent à un public inquiet que, dans la plupart des cas, les vieux ossements de provenances diverses étaient identiques, quelle qu'ait été la race des populations. Mais on se rendit compte bientôt qu'il ne suffisait pas, pour amé-

(1) Father Divine : fondateur d'une secte pseudo-mystique, dont les lieux de réunion portent le nom de paradis.

liorer la situation, d'expliquer aux gens que les ossements de l'ancêtre anglais ne différaient guère de ceux d'un autre ancêtre, natif de l'Oubangui. Personne ne s'intéressait aux vieux squelettes, sauf l'archange Gabriel appelé, comme chacun sait, à trier son monde le jour du Jugement Dernier. Pour l'instant, c'étaient les os agités sous des peaux de couleurs différentes qui créaient le conflit.

Des hommes d'église en renom se hâtèrent alors de colmater la brèche. Ils négligèrent les ossements et sautèrent directement aux jardins de l'Éden, insistant sur le fait qu'on descend tous d'Adam, tous sans exception, qu'on soit bleu, noir, blanc, jaune ou brun. Donc, aux yeux du Seigneur, on est tous cousins.

Ce furent ensuite les évolutionnistes qui s'adressèrent aux éléments athées, en reprenant les théories sur l'évolution de la race humaine, et en établissant formellement que rien ne ressemble plus à une amibe qu'une autre amibe, et que toute discrimination raciale parmi les descendants des dites amibes n'est qu'absurdité. Bien sûr, la théorie fut très bien comprise par les Blancs, qui ont toujours été incapables de distinguer un homme de couleur d'un autre, mais le sens profond de l'argument leur échappait. Après tout, on imaginait mal les protozoaires de l'époque courant de l'un à l'autre pour demander : « Voyez-vous une objection au mariage de votre amibe avec mon rhizopode? »

Les physiciens, accourus à la rescousse, exposèrent d'indiscutables données scientifiques selon lesquelles, dans quelque mille ans, en plein épanouissement de l'ère atomique, l'espèce humaine sera transparente et l'on sera dans l'impossibilité de savoir qui a fait ça avec qui, à moins que l'un des partenaires ne le reconnaisse de son plein gré. Faut-il le dire? Les racistes furent aussitôt pris de panique et, dès le lendemain, des comités innombrables furent créés dans les États du Sud, réclamant la liquidation de toutes les branches de la science atomique — et tant pis pour la suprématie soviétique! Pourtant un malin compère de Harlem exploita la chose en vendant des flacons d'Eau-de-Vie-sans-Fin et fit fortune.

Ce fut alors que le grand leader noir, Wallace Wright, fut sollicité par une chaîne nationale de radio pour faire bénéficier le public des fruits de sa longue expérience sur le théâtre des opérations interraciales.

— Voyons, monsieur Wright, insistait le présentateur, pouvez-vous nous dire un mot qui exprimerait votre optimisme pour ce qui concerne l'amélioration des relations interraciales?

M. Wright empoigna le micro comme un homme sur le point de se noyer saisit une paille, et brailla ces deux mots : « Au secours! »

CHAPITRE IV

QUAND tous les prestigieux amis blancs de Mamie annoncèrent qu'ils boycotteraient son Bal Masqué, elle fut sur le point de mourir.

« Chéri, j'ai failli en mourir... » Combien de fois avez-vous entendu ce genre d'hyperbole?

Mais il fallait bien reconnaître que toutes les intrigues de Mamie pour faire publier le reportage de son Bal Masqué dans le premier numéro de l'illustré noir à paraître, intrigues qui provoquèrent un retentissant scandale et brisèrent le ménage des Wills, des Wright et même le sien, toutes ses intrigues donc, n'aboutirent qu'à sa propre déconfiture... et quelle déconfiture!

Comment, en effet, cette grande entreprise sociale, dont le seul objectif était l'amélioration des relations interraciales, pouvait-elle accomplir sa noble tâche, si l'assistance n'était composée que de gens de race noire? Et puis, qui allait siéger dans le jury pour désigner les plus beaux déguisements? Qui allait siéger aux places d'honneur? Qui allait serrer la main au menu fretin? Qui allait s'enthousiasmer sur l'esprit et l'entrain des frères et sœurs à peau sombre? Qui allait s'émerveiller de leur rire, se récrier devant la beauté de leur peau brune, de leur chevelure si drue et si crépue, de leur denture à la blancheur nacrée? Seuls les Blancs pouvaient le faire.

La cause noire semblait donc définitivement compromise.

Et que fit Mamie?

Elle absorba un purgatif.

Mais d'abord, elle s'était offert une orgie de mangeaille.

Déjà, elle avait fait un sort à un jambon acheté par elle et à la dinde envoyée par Joe, mais elle repiqua au truc.

Elle accorda quinze jours de congé à sa bonne Aquilla, décrocha son téléphone, donna des instructions aux garçons livreurs afin qu'ils sonnent à sa porte d'une certaine façon, refusa d'ouvrir à tout autre visiteur et resta enfermée dans son appartement, vêtue d'un vieux négligé. On aurait pu penser que la pauvre femme était accablée de chagrin. Il n'en était rien. Elle avait tout simplement la boulimie.

Pour des raisons sentimentales, elle commença le festin par une tête de cochon. Elle avait en effet largement passé l'âge de raison quand elle avait découvert qu'il y avait autre chose, dans un cochon, que la tête, les pieds et les tripes (1). Elle liquida ensuite le reste du cochon, de A jusqu'à Z, puis décida de reposer son estomac avec une dinde au four. Mais le parfum de la volaille qui rôtissait exalta si bien sa faim que, pour la tromper, elle grignota, en attendant, deux poulets frits. Puis s'étant rendu compte que la dinde ne durerait pas éternellement, elle stocka dans son garde-manger une côte de bœuf, cinq kilos de bifteak haché, une langue de bœuf, un gigot d'agneau printanier, cinq kilos de rognons de veau, quatre lapins, quelques livres de crevettes décortiquées en boîte et un jambon de Smithfield, pour les jours de disette.

(1) Les Noirs du Sud ont un goût particulier pour ces morceaux.

Elle avait l'impression de vivre une folle histoire d'amour. Et, chaque fois qu'elle se mettait à table, c'était comme si elle s'abandonnait à une impétueuse étreinte. Au bout de quinze jours, elle avait succombé à la chair sous tous ses aspects.

— On m'a bien dit qu'il s'agissait d'un jambon, mon chou, dit Patty, mais, nom de nom, il devait se poser là, ton jambon !

De tels propos finissent toujours par saper la résistance féminine, aussi Mamie se laissa-t-elle persuader par Patty de jeter un coup d'œil dans la glace. Elle fut horrifiée. Son Bal Masqué était fixé pour dans un mois et elle ressemblait à une boule de graisse.

Mais Patty, animée par une amitié qui n'avait rien de tiède, ne voulut pas laisser Mamie s'interroger avec inquiétude sur son poids. Elle la fit monter sur la bascule, afin qu'elle puisse mesurer sa souffrance en toute connaissance de cause. L'aiguille fila... et... par tous les chats de l'enfer !... Mamie dut constater qu'elle avait pris près de vingt kilos. Or, comme chacun sait, il faut cinq fois plus de temps pour perdre une livre que pour la gagner, quand il s'agit de livres de graisse et non de livres sterling. Et, qui plus est, il incombait à Mamie, avant d'envoyer ses invitations, de réparer tous les désastres conjugaux et toutes les catastrophes interraciales qu'elle avait provoqués, à force de sabrer à tort et à travers avec son petit glaive à deux tranchants. Eh bien, croyez-vous que Mamie tomba raide morte?

Pas du tout. Elle prit une purge.

Puis, successivement, et sans perdre une minute : 1° elle téléphona à son docteur et lui intima l'ordre de la débarrasser de ses vingt kilos superflus en trente jours; 2° appela Debbie Wills, au domicile de sa mère, dans la banlieue de Hoboken, pour s'enquérir si Art était passé chez elle... il n'y était pas passé; 3° téléphona au Révérend Riddick pour lui déclarer qu'elle avait besoin d'urgence de ses lumières spirituelles; 4° appela le bureau de Joe pour demander à Kathy Carter où elle pouvait joindre Julius — ce fut Julius lui-même qui répondit et elle lui enjoignit de venir sans délai, car elle avait besoin de lui; 5° passa un coup de fil chez Peggy, l'ancien amour de Wallace Wright, pour s'assurer qu'elle était toujours à New York... elle y était... Mamie raccrocha dès que Peggy eut décroché; 6° téléphona au bureau d'Art, où elle apprit qu'il n'avait pas donné signe de vie depuis des semaines, l'appela à son appartement et, ne recevant pas de réponse, se rabattit sur Patty, à qui elle déclara :

— Ma belle, si tu ne m'as pas trouvé d'ici six heures l'adresse d'Art, je descends chez toi et je te botte les fesses !

Patty, qui avait compris que Mamie ne plaisantait pas, eut vite fait de découvrir qu'Art se planquait chez Fifi, la noire artiste provisoirement sans emploi. Quant à Julius, il fit tout aussi vite pour ramasser ses notes et se présenter chez Mamie.

Mamie avait un message très urgent à transmettre à Art de la part de Debbie. Très urgent, mais trop personnel pour être communiqué par lettre. Elle envoya donc Julius lui chercher Art, afin qu'elle puisse lui susurrer le message à l'oreille.

Julius mit tout de suite la main sur Art.

Ils arrivèrent en même temps que le Révérend Riddick. La perception mystique du Révérend était si aiguë, qu'il sentit tout de suite que le diable était toujours logé dans le corps de son frère blanc. Mais Mamie déclara d'un ton comminatoire que, si quiconque s'avisait d'engager un match de catch dans son appartement, il faudrait d'abord qu'il se mesurât avec elle. Or, il suffit au Révérend Riddick d'un seul regard pour se rendre compte que le démon qui habitait Mamie était d'une catégorie très supérieure à la sienne.

Mais, quand Mamie lui fit comprendre qu'il était vital et urgent, au nom de la foi chrétienne, qu'un ministre du culte se rende dans le quartier du centre, au domicile de Peggy, la folle maîtresse de Wallace Wright, afin de la persuader de renoncer à son amour au bénéfice de l'épouse légitime Juanita, Riddick répondit d'un ton solennel :

— Inutile de chercher plus loin. Si cette femme est possédée par le démon, je saurai l'expulser !

Mamie lui conseilla pourtant de faire très attention, car la possédée vivait au treizième étage.

Le Révérend Riddick répliqua qu'il se faisait fort de précipiter le démon de n'importe quel étage.

Mamie lui demanda néanmoins de s'assurer au préalable que le démon était bien séparé du corps de la femme, surtout d'une femme vivant à cette hauteur.

— Croyez-vous donc que je ne sache distinguer un démon d'une femme? protesta le Révérend Riddick.

— De plus habiles que vous s'y sont essayés sans y réussir, répondit Mamie.

— C'est parce que, trop occupés par la chair, ils ne savaient reconnaître l'esprit, expliqua le Révérend Riddick.

Dès que le Révérend fut parti, Mamie reporta toute sa sollicitude sur les souffrances du pauvre frère blanc, Art Wills. D'abord, elle lui administra un grand verre de whisky bien tassé pour exalter son courage, pendant qu'elle lui chuchotait à l'oreille ce message très urgent et personnel : Debbie, sa femme bien-aimée et désespérée souhaitait qu'il lui revienne.

Art remercia Mamie bien poliment de lui avoir fait la

commission, mais soutint qu'il n'avait jamais abandonné sa femme, puisqu'il était resté là.

Mamie répliqua que le lieu de son séjour importait peu, ce qui importait, c'est qu'il avait délaissé sa pauvre femme et son heureux foyer.

Art répliqua que Mamie devait avoir mélangé ses pédales, puisqu'en fait c'est Debbie qui l'avait quitté.

Mamie rétorqua que les faits matériels n'avaient rien à voir avec les sentiments et que, de toute façon, c'est toujours le mari qui réintègre le foyer.

Art affirma qu'il serait très heureux de retrouver sa femme et son enfant, mais qu'il ne voyait guère comment il pourrait réaliser la chose, puisqu'il n'était jamais parti.

Mamie déclara qu'il avait le choix — jouer son petit Einstein ou se conduire comme un bon mari bien normal.

Art eut un regard de reproche pour Mamie dont les arguments lui paraissaient bien secs.

De son côté, Mamie, maîtresse de maison modèle, ne pouvait tolérer que ce grand costaud de Blanc meure de soif dans sa maison. Elle lui versa donc un autre verre bien tassé, puis s'éclipsa dans sa chambre d'où elle téléphona à Debbie qu'Art était chez elle, pleurant et geignant comme un bébé pris de coliques et réclamant sa femme.

Debbie répondit à Mamie que si Art la réclamait vraiment il savait où la trouver et qu'il n'avait nul besoin de traîner dans la cuisine d'une intrigante de Harlem, en se couvrant de ridicule.

Mamie ne pouvait soupçonner de quelle cuisine et de quelle intrigante il s'agissait, d'autant moins qu'Art se trouvait précisément dans sa propre cuisine, mais la politesse lui interdisait de relever l'erreur de Debbie, car elle avait des choses bien plus importantes à lui communiquer, entre autres, qu'Art ne demandait qu'à aller chercher Debbie, mais qu'il avait trop peur de sa belle-mère.

Debbie répondit que si ce grand ballot qu'elle avait épousé dans un moment d'inattention avait peur d'une minuscule vieille dame qui, en plus, l'adorait, c'est qu'il était trop bête et trop lâche pour mériter d'avoir une famille. Il pouvait donc pourrir sur tige dans la cuisine de cette faiseuse d'histoires, à Harlem, elle s'en fichait pas mal.

Mamie lui dit que ces paroles témoignaient vraiment de nobles sentiments et qu'elle allait de ce pas transmettre le message à Art. Elle raccrocha et retourna en toute hâte à la cuisine où elle annonça à Art qu'elle venait de parler à Debbie et que Debbie lui avait déclaré : « S'il a la force de reconnaître ses torts, j'aurai la faiblesse de lui pardonner. »

Art répliqua qu'il était, lui aussi, assez généreux pour pardonner n'importe quoi à n'importe qui, mais que si, après tant d'années, sa propre femme et son propre enfant ne connaissaient pas mieux leur mari et père, il n'avait, quant à lui, aucune intention d'assumer les fautes des autres.

Mamie retourna au galop dans sa chambre et rappela Debbie pour lui annoncer qu'Art avait été très démoralisé en apprenant qu'elle l'avait traité de lâche et qu'il parlait de suicide.

Debbie rétorqua que, si ce grand lâche était trop abruti pour se rendre compte qu'il lui faudrait deux fois plus de volonté pour se tuer que pour prendre le train H&M qui le conduirait à Hoboken, elle ne voyait aucun inconvénient à ce qu'il se jette dans la rivière Harlem, sauf qu'avec sa tête pleine de bulles il n'arriverait jamais à se noyer.

Devant cette mise au point, Mamie jugea que, pour sauver l'honneur, il lui fallait téléphoner à la police et demander une ambulance, en expliquant qu'un nommé Art Wills venait d'absorber chez elle une dose mortelle de poison, à la suite de chagrins intimes. La police promit de faire envoyer rapidement une ambulance de l'Hôpital Knickerbocker.

Mamie se vit donc dans la triste obligation de rappeler Debbie une fois de plus. Elle lui dit de se préparer au pire et lui apprit enfin qu'Art avait accompli le geste fatal et que, déjà, une ambulance était annoncée qui le transporterait à l'Hôpital Knickerbocker.

Debbie pria Mamie de transmettre à Art qu'elle retirait tout ce qu'elle avait dit et qu'il ne fasse surtout pas de bêtises, qu'elle allait le rejoindre au plus vite.

Là-dessus, Mamie éprouva le besoin de s'administrer une deuxième purge énergique. Et, puisqu'elle était à la salle de bains, elle en profita pour préparer des gouttes « Knock-Out », qui ont la propriété de plonger le patient dans un apparent coma. Ces gouttes, elle se proposait de les verser dans le prochain verre d'Art. Enfin, pour étayer la thèse du suicide, elle rinça un verre dans une solution de permanganate de potassium.

C'était là une manœuvre digne d'un général à cinq étoiles. Mais le seul détail qui empêcha sa parfaite réalisation fut que la première purge choisit ce moment précis pour faire effet avec une violence inattendue.

Cette purge agit avec une si scrupuleuse efficacité — à l'instar des opérations du même nom mises au point en Union Soviétique — qu'Art eut tout le temps de faire son bilan et de conclure qu'il n'était qu'une canaille, un goujat, le dernier des derniers et, vingt dieux ! il allait partir pour Hoboken, affronter l'orage et se jeter aux pieds miséricordieux de sa femme et de son enfant, puisque le ridicule s'attache aux gestes de la pénitence bien plus qu'à ceux du péché!

Quand enfin Mamie revint à la cuisine avec ses gouttes « Knock-Out » et le verre « pièce à conviction », elle découvrit que la victime désignée au suicide avait quitté les lieux, sans se préoccuper autrement de l'ambulance qui venait la chercher, dans la clameur, à chaque instant plus puissante, de ses sirènes. Mamie comprit aussitôt combien il serait gênant de se trouver ainsi coincée, sans le moindre cadavre, et versa promptement les gouttes « Knock-Out » dans le verre de Julius. C'était du peu! Julius eut tout juste le temps de tomber dans les pommes que, déjà, la police et les ambulanciers ébranlaient la porte.

Plus tard, à l'hôpital, quand Julius subit un lavage d'estomac, on n'y trouva que quelques côtes de porc à demimâchées, une poignée de choux, des patates douces et des galettes de maïs, ballottant dans un bain de whisky à l'eau de seltz — toutes choses qui ne pouvaient être qualifiées de poison, en dépit de l'odeur méphitique qui s'en dégageait. De plus, ce nettoyage par le vide rendit à Julius sa complète lucidité, si bien que, lorsqu'il entendit prononcer quelque part derrière lui : « C'est un homme de couleur », il fut pris d'une colère noire. Il voulut savoir si, en sa qualité d'homme de couleur, il devait être classé parmi les « chromatiques » ou les « achromatiques » et, une fois son classement établi, si on devait définir sa teinte comme couleur primaire physiologique ou couleur primaire psychologique.

Bien entendu, quand Debbie et Julius se furent reconnus, Debbie fut très gênée. Elle lui expliqua qu'elle croyait trouver Art à l'hôpital, Mamie lui ayant annoncé qu'Art avait tenté de se suicider et, bien sûr, elle avait reçu un choc en lui voyant la tête si sombre. Julius déclara qu'Art était parti la rejoindre à Hoboken, mais, puisqu'ils étaient sur le sujet, il tenait à comprendre si, par « tête sombre », elle entendait qu'il était imperméable aux idées et à la culture en général, ou imperméable à la lumière.

Debbie put éviter de lui répondre grâce aux internes qui rendirent à Julius ses vêtements en lui annonçant qu'il était libre de rentrer chez lui.

Quant à Debbie, elle ne fut que trop contente d'aller retrouver son gros ballot de mari qui, au moins, et malgré tous ses défauts, ne se formalisait pas quand on le traitait de « Blanc ».

Julius, bien sûr, ne soupçonna pas un seul instant que quelqu'un lui avait versé des gouttes « Knock-Out », destinées à Art, aussi rentra-t-il chez Mamie avec une histoire fumante sur Debbie Wills qui avait piqué une rogne parce qu'une inconnue, qui se faisait passer pour Mamie, lui avait annoncé par téléphone le suicide d'Art. Mamie s'en montra fort indignée et déclara qu'il serait temps qu'on cessât de la persécuter. Julius eut tant de peine pour sa pauvre belle-sœur persécutée qu'il ramassa une nouvelle biture.

Cependant, le Révérend Riddick arrivait à l'appartement de Peggy, dans la 23e Rue, portant assez de croix, de Bibles et de philtres pour traverser l'enfer sans même se faire roussir. Il ne fut guère surpris de trouver, logé sous les grands seins voluptueux de Peggy, un diable de considérables dimensions, malgré le caractère affable et les formes potelées de la possédée. Mais le Révérend Riddick n'allait pas se laisser intimider par un démon, si impressionnant fût-il, et, sans perdre un instant, il se lança dans les rites exorciseurs.

Après un seul regard à ce bel homme athlétique qu'était le Révérend Riddick, Peggy remit son grand puissant diable aux grandes mains expertes du ministre, non sans qu'ils se fussent préalablement parés pour la bataille prochaine en absorbant quelques tasses de thé, infusé, bien entendu, dans l'une des distilleries nationales.

Comme on s'en doute, le Révérend Riddick, dans l'exercice de ses fonctions d'exorciseur, faisait preuve d'une rigueur extrême, et Peggy, naturellement, qui n'avait jamais subi les effets de l'exorcisme, en fut émerveillée.

Le Révérend Riddick lutta avec ce démon-là sans défaillance et sans trêve pendant toute la nuit, ragaillardi, quand la fortune de la guerre lui était contraire, par un casse-croûte et une tasse de thé, mais quand l'aube enfin se leva — par les noires cornes de l'enfer ! — le perfide démon s'accrochait toujours.

« Voilà bien le démon le plus têtu que j'aie jamais bagarré », songeait le Révérend Riddick.

Il lutta donc avec ce diable obstiné pendant toute la journée et la nuit qui suivit et, quand la faiblesse sapait sa combativité, la femme s'employait avec tant de zèle à le restaurer, qu'il en vint à se demander si elle cherchait à exorciser le démon ou à lui donner de l'exercice.

Mais le Révérend Riddick n'allait pas baisser pavillon devant le malin, malgré l'épuisement de ses forces et, comprenant que, pour l'expulser, il lui faudrait bien plus de temps qu'il ne l'avait prévu, il demanda la femme en mariage.

— Par toutes les félicités célestes ! dit-il. Je consacrerai le restant de mes jours à extirper le diable qui s'est logé en vous.

— Votre conscience professionnelle est inégalable quand il s'agit de l'esprit du mal, répondit-elle. Alors, puisque d'être exorcisée est mon plus cher désir, rien ne me plairait davantage que de me débarrasser du démon d'une façon légitime et, bien entendu, régulière.

Quand Mamie apprit cette nouvelle extraordinaire, sa surprise fut sans bornes ! La pauvre en eut littéralement le souffle coupé, si bien qu'elle trouva juste assez de voix pour préciser au Révérend le nom de l'hôtel, à Vermont, où elle avait retenu des chambres et le nom et l'adresse du pasteur de Vermont, qui avait été pressenti pour célébrer le mariage.

Évidemment, Mamie se devait d'offrir une réception en l'honneur des jeunes mariés, en sa qualité d'arbitre des mondanités de Harlem, U.S.A., lieu de naissance du futur, et parce qu'indiscutablement, elle était le vivant symbole de l'harmonie dans les relations interraciales... ces relations, en effet, ne sont jamais plus harmonieuses que lorsqu'elles se développent sous les draps d'un même lit. D'autre part, connaissant la sensibilité délicate de ce couple courageux, elle ne pouvait songer à donner la réception ailleurs qu'au Waldorf-Astoria.

On comprendra que ce mariage mixte, unissant deux personnes aussi en vue et aussi représentatives de leur race respective, avec en plus son immense portée politique et sociale, ne pouvait qu'être patronné par d'éminents ambassadeurs de la race blanche qui apporteraient à la cérémonie la consécration officielle.

Mamie pria donc personnellement le docteur Oliver Wendell Garrett, président de la Fondation Rothschild de Philadelphie, le docteur Carl Vincent Stone, président d'honneur et membre du Comité Directeur d'une fameuse université noire (dont le docteur Baldwin Billings Brown était l'un des professeurs), et enfin le docteur John Stetson Kissock, président du Comité du Sud pour la Défense de la Liberté, d'honorer cette cérémonie de leur présence, en compagnie de leurs épouses, étant donné la très grande importance de l'événement pour la solution du problème noir.

Bien sûr, ces messieurs, qui tous portaient un vif intérêt au problème noir, furent très honorés d'assister à cette union des races, scellée par la loi divine.

Après avoir ainsi entortillé ces braves gens, Mamie entreprit de les ficeler en leur faisant remarquer qu'incidemment les doutes et les craintes, que pouvait soulever ce mariage parmi certains représentants des deux races, allaient être dissipés par la présence à la cérémonie de Wallace Wright et de Juanita, ce couple devant symboliser la solidarité dans la lutte contre la bigoterie et apporter un soutien aux partisans du mariage entre gens de même race.

« En effet, en effet », acquiescèrent ces messieurs, non sans un certain soulagement.

Par la suite, en considération de leur appui spontané et non sollicité et de l'attitude démocratique qu'ils avaient adoptée devant l'inévitable vague de préjugés, Mamie Mason ne put faire moins... (en fait, elle avait assumé bien malgré elle cette grosse responsabilité vis-à-vis de ses frères de race) Mamie donc ne put faire moins que d'informer tous les autres invités que les trois éminentes personnalités, docteurs ès philosophie et humanités, patronnaient la réception et que, s'ils avaient accepté ce rôle, c'était en grande partie à cause de la réconciliation du ménage Wallace et Juanita Wright, qui allaient assister ensemble à la solennité en question.

Bien entendu, grâce à ces assurances et au prestige du Waldorf Astoria, il n'y eut pas une seule défection.

MANHATTAN, U.S.A.
WALDINGUE AU WALDORF

A part les teints rose vif et noir luisant des jeunes mariés, il n'y avait que peu de chose pour distinguer cette réception de mariage de toutes les autres réceptions du même genre, n'étaient les accidents. Tout se déroulait dans la dignité la plus parfaite et selon la plus stricte étiquette.

Pour assurer cette super-respectabilité, Mamie n'avait invité que des ménages de même race. Aucun couple mixte autre que celui des jeunes mariés ne fut autorisé à assister à la fête, afin de ne pas frustrer les nouveaux époux de leur gloire rayonnante.

Quand il s'agissait de respectabilité, d'ailleurs, Mamie n'y allait pas par quatre chemins. Ainsi, elle téléphona à Joe, qui se trouvait toujours à Buffalo, et lui ordonna de réintégrer à temps le domicile conjugal pour assumer son rôle de mari, avec ou sans notes, en escortant Mamie à sa propre réception. Joe, qui comprenait parfaitement le respect de la respectabilité professé par Mamie, se hâta de rentrer à la maison.

Ceci fait, Mamie reporta son attention sur la respectabilité déplorablement négligée de son beau-frère Julius. A son insu, elle télégraphia à sa femme Judy, qui résidait à San Francisco, en lui conseillant de prendre le prochain avion pour New York, si tant est que l'imagination ne lui faisait pas défaut. Judy avait de l'imagination à revendre. Son imagination, en fait, travaillait d'arrache-pied, depuis que Julius avait pris le train pour New York. Elle suivit donc le conseil, prit le prochain avion et arriva à New York tout à fait à temps pour combler Julius des mille et une tendresses conjugales dont il était si cruellement sevré. Comme personne n'avait averti Julius de ce retour aux joies du foyer, c'est tout juste s'il eut la force de subir les manifestations d'une si fervente adoration et quand enfin il fit, au bras de Judy, son entrée dans les salons de réception, il y eut des murmures parmi les dames qui n'en revenaient pas de voir Julius à ce point vieilli et décrépit.

Pour tout dire, les invités de Mamie avaient été triés sur le volet, si bien que, les accidents exceptés, les os de la médisance manquèrent fâcheusement à ceux qui aiment les ronger. Un ton suprêmement courtois fut d'ailleurs définitivement adopté à l'arrivée des trois vénérés professeurs et amis du Noir : le docteur Garrett, le docteur Stone et le docteur Kissock qui, avec leurs épouses tout aussi dignes, apportèrent à la cérémonie les encouragements officiels.

D'autres évoluaient dans cette atmosphère hautement distinguée et du meilleur ton, avec la prudente dignité que l'on pourrait observer chez des Assyriens aux pieds sensibles, en train de lever le camp.

Sachant les regards du monde fixés sur eux, les convives de race noire firent preuve d'un raffinement de manières à toute épreuve. Quand une main portait aux lèvres une tasse de thé, le petit doigt se tendait tout raide, formant un angle droit avec les autres doigts, selon les plus rigoureux préceptes de l'étiquette. Dans les formules de bienvenue, toutes les syllabes étaient prononcées distinctement. On ne disait pas : « 'jour, Moe! Et Joe, ça boume? » mais : « Bonjour, Moïse! Comment se porte Josephus? » Tant et si bien qu'une dame très comme il faut, parlant de la Conférence au sommet des Quatre Grands, crut bon de la désigner par « La Conjonction au Paroxysme des Quatre Volumineux ».

Les mucosités superflues étaient évacuées avec une discrétion exemplaire et sans bruit, et il n'était évidemment pas question de faire claquer ses lèvres, encore moins de se moucher en trompette. Lorsque aucun cendrier ne se trouvait à portée de la main, on se débarrassait de la cendre d'un mouvement bref du poignet, derrière un objet proche, ayant quelque surface, mais jamais sans s'être préalablement assuré par un rapide regard que ce geste passerait inaperçu. Lorsqu'il s'agissait de s'asseoir ou de se lever, chacun procédait avec une sage et digne lenteur et l'on put établir plus tard que pas un seul postérieur noir ne s'abandonna avec nonchalance aux fauteuils du Waldorf. Comme de bien entendu, le rire fut prohibé comme tout à fait inconvenant, et même le sourire fut mal interprété, surtout lorsqu'il découvrait les gencives. Les voix eurent des inflexions si voilées que, bien souvent, dans un groupe, il fallait suivre le mouvement des lèvres pour savoir qui parlait, qui écoutait.

Les convives blancs, on s'en doute, se comportaient, eux aussi, avec une suprême élégance, sachant qu'ils devaient donner l'exemple des subtilités mondaines à leurs frères et sœurs au teint sombre. En conséquence, ils absorbaient leurs cocktails avec les gestes escamoteurs des buveurs clandestins et gardaient sur leurs visages crispés ce sourire granitique et poli que l'on voit aux membres de la famille royale britannique, en visite en Afrique Noire.

Jamais, dans les annales du Waldorf Astoria, les invités d'une réception de mariage si réussie ne s'étaient amusés de façon si guindée dans une aussi sinistre atmosphère.

Cependant, cette absence de bruit tout à fait impressionnante était compensée par un perpétuel et étrange va-et-vient des convives désireux d'éviter les rencontres gênantes. Et, naturellement, il y eut de nombreux cas d'amnésie et d'erreur sur la personne.

Mais les accidents apportèrent à la réunion une certaine animation.

Ainsi qu'il incombait à un leader de son renom, Wallace Wright prit la tête du défilé.

Comme chacun sait, le protocole des réceptions de mariage exige que les invités présentent, en arrivant, leurs vœux aux jeunes époux. Donc, lorsque Wallace Wright fit son entrée avec, accrochée à son puissant bras gauche, son aimante épouse Juanita (qui, sans aucun doute, à voir l'expression de son visage, venait d'avaler un flacon d'huile de ricin) s'avança-t-il courageusement pour féliciter les conjoints. Sa situation, il faut bien le dire, était des plus délicates : un homme accompagné de sa légitime épouse présentant ses hommages à une ancienne maîtresse dans le rôle de la jeune mariée. L'assistance suivait la scène, en retenant son souffle.

Wallace se serait certainement montré à la hauteur des circonstances s'il n'avait dérapé sur un bouton de rose, tombé du corsage de la jeune épouse. Et, malheureusement, les lois de la dynamique sont telles que, tout en glissant, le corps de Wallace fut projeté violemment en avant. Et, en conséquence, la main qu'il tendait pour saluer la mariée vint la frapper au ventre avec une violence telle qu'elle tomba assise sur son derrière rebondi, la bouche ouverte, l'œil hébété, la gorge pantelante.

Mais, si puissante était l'autorité du savoir-vivre qu'un silence de mort accueillit cette joyeuse catastrophe. Aucun convive n'eut l'effronterie de laisser échapper le moindre ricanement. Les visages figés en une grimace gourmée évoquaient des masques du Musée Tussaud (1). Évidemment, les mâchoires devenaient douloureuses à force de

(1) Musée de Mme Tussaud : à Londres, c'est l'équivalent du musée Grévin.

se contracter sur le fou rire rentré et plusieurs dames, dont Juanita, sortirent vivement leur mouchoir pour arrêter de soudaines hémorragies nasales. Mais, en fin de compte, la bonne éducation prévalut sur toutes ces douleurs et toutes ces petites misères.

Les seules voix que l'on put percevoir dans le silence déférent et prolongé furent celles du docteur Stone et du docteur Garrett, échangeant des commentaires chuchotés :

— ... lui a filé un drôle de gnon, on dirait, murmura le docteur Stone.

— En effet... direct du droit dans le buffet... jolie détente... susurra le docteur Garrett.

— ... l'a mérité, nul doute, chuchota le docteur Stone.

— Sacré Wallace... n'a pas froid aux yeux... a proprement nettoyé l'ardoise... marmonna le docteur Garrett.

— Hé oui... approuva le docteur Stone... l'a fait place nette... pas de laissés pour compte...

— Et voilà. Tout est à recommencer, murmura le docteur Garrett.

— A propos... comment c'était déjà, ce titre de poème que vous m'aviez cité... euh... quelque chose avec « jus »? demanda tout bas le docteur Stone, secoué d'un rire silencieux.

— Ah oui... par ce jeune auteur de couleur? *Plus noir est le fruit, plus doux en est le jus !* chuchota le docteur Garrett en se penchant imperceptiblement vers l'oreille du docteur Stone.

— Ha ! ha ! Fameux ! murmura le docteur Stone. *Plus doux est le fruit, plus noir en est le jus !*

Comme de bien entendu, le Révérend Riddick comprit tout de suite que ce fâcheux incident n'était imputable qu'au démon qui possédait le corps de Wallace Wright et tel était son zèle d'exorciseur, qu'il fallut employer la force pour l'empêcher d'intervenir.

Les membres de l'assistance firent mine de ne pas remarquer ces manifestations indignes d'une société cultivée et noyèrent la chose dans un brouhaha étouffé de conversations. On put saisir de-ci de-là quelques fins propos dans le genre :

— Saviez-vous, chérie, que les premiers ballons étaient faits avec des vessies de poissons?

— Pas possible, trésor! Quelle ignorante je fais! Ça proviendrait donc du sel de la mer?

ou :

— Comment tu crois, mon chou, qu'elle arrive à respirer, Mamie, dans sa robe?

— Ma belle, t'as donc pas remarqué? Jusqu'à présent, elle n'a pas encore aspiré la moindre bouffée d'air.

Mais, une fois la glace rompue, les accidents se succédèrent sur un rythme accéléré.

Joe Mason en fut la deuxième victime, car il ne cessait d'attraper des moucherons dans les yeux, chaque fois que Merto apparaissait dans les parages, bien que plus tard la direction eût présenté à la Compagnie d'Assurances un certificat établissant qu'aucun moucheron ne fut jamais autorisé à pénétrer dans le Waldorf Astoria. Mais, en dépit des certificats, les moucherons ne cessaient d'entrer dans l'œil droit de Joe et, pendant qu'il le frottait avec frénésie, un autre insecte alla se loger en plein dans son œil gauche — une coccinelle, apparemment, amenée à son insu par Kathy Carter, qui, justement, venait de tapoter le bras gauche de Joe. Aussi, le pauvre malheureux, aveugle comme une taupe, trébucha-t-il sur les jambes tendues de Moe. Il s'effondra, en défonçant un paravent chinois du Waldorf qui cachait un des pianos du Waldorf, cogna le piano de la tête et perdit connaissance dans un ruissellement de notes qui auraient découragé Kathy Carter elle-même.

La victime du troisième accident fut Art Wills qui avait ouvert vivement une des portes-fenêtres pour respirer un peu d'air frais sur le balcon, en voyant Brown Sugar s'avancer vers le groupe qu'il formait avec sa tendre épouse. Mais il se trouva que la porte-fenêtre en question était une porte de service et le balcon un escalier sombre qu'Art dégringola la tête la première. Et, à juger par les ecchymoses qu'il en rapporta, l'air frais qu'il y respira était dur comme de la pierre.

Le quatrième accident arriva à Willard B. Overton qui, en compagnie de son avisée épouse Alice, échangeait des propos animés avec le docteur et Mme Baldwin Billings Brown sur les mœurs monogames des singes, comparées au goût de la promiscuité que l'on observe chez le plus noble des bipèdes. Soudain, du coin de l'œil, il vit s'approcher une femme portant à la main un objet rouge et vert qui lui parut familier. M. Overton s'évanouit sur-le-champ, terrassé — du moins, on le crut — par une crise cardiaque. Personne, en effet, ne pouvait soupçonner que le sac à main vert et rouge de Merto pouvait être la cause de ce malaise. Aussi personne ne remarqua la pâleur subite de Merto qui, elle, avait compris.

Le cinquième accident fut celui de Kathy Carter qui s'obstinait à faire des yeux doux à Julius Mason, sans s'inquiéter de la présence de son aimante et fidèle épouse Judy. Kathy devait croire qu'une fille de San Francisco avait tout d'une pedzouille. Mais il va sans dire qu'une jeune personne qui a fait son apprentissage dans les collines de cette ville sait allier la force à l'astuce. Ce fut donc pour elle un jeu d'enfant que d'entraîner Kathy dans le vestiaire des dames en lui servant ce boniment éprouvé :

— Chère amie, vous connaissez mon mari, n'est-ce pas? Il faut que je vous en parle!

Sur quoi, elle transforma promptement l'œil coquin de

Kathy en œil à coquard, ce qui mit la jeune personne hors du circuit.

Le sixième accident eut pour victime Maiti Brown dont la généreuse et palpitante poitrine se souleva avec une telle violence sous l'effet de la panique, lorsque Arthur Tucker s'avança pour la saluer, que le canot de bâbord rompit ses amarres et sauta sur le pont, comme dans la finale d'un numéro de strip-tease. M. Tucker se maîtrisa à grand-peine pour éviter un scandale énorme.

Le septième accident fut celui du docteur James Steele de Brooklyn qui avala l'olive de son martini-dry en entendant ce seul mot de bienvenue : « Chéri », prononcé par une comédienne bien connue et provisoirement en disponibilité, appelée Bebe. Pourtant, on trouva généralement exagérée la dégelée de coups que lui administra dans le dos son épouse Dora, aux seules fins d'expulser de son gosier une petite olive de rien du tout.

Julius Mason devint le huitième accidenté, alors qu'il se propulsait à quatre pattes, cherchant quelque chose qu'il avait perdu (son sang-froid, sans nul doute) derrière le canapé où Fay Corson et Judy, sa fidèle et tendre épouse, conversaient avec animation sur des sujets qui semblaient devoir les amener à citer certaines expériences communes, dont Julius souhaitait à tout prix éviter le récit. C'est alors qu'un individu sans éducation ni tact, et dont nous préférons taire le nom, puisque, de toute façon, Julius ne l'avait pas vu, cet individu donc se débarrassa, mine de rien, d'un mégot de cigare allumé, croyant le secteur libre. Et ce n'est que la remarque de Judy : « On dirait de l'étoffe qui brûle... » qui amena Julius à se demander si le feu n'était pas cause de cette chaleur soudaine qu'il ressentait au flanc. Il s'inspecta pour constater que son élégant complet de flanelle grise brûlait bel et bien à hauteur de la poche gauche de la veste... c'est là, en effet, qu'était tombé le mégot incandescent. Sa personne, fort heureusement, n'eut pas à souffrir de l'incendie, car lorsqu'il se leva d'un bond en criant : « Au feu ! Au feu ! Je brûle ! » quelques giclées de l'extincteur, manié par ce pompier improvisé et diligent qu'était Panama Paul, eurent vite fait d'arrêter le désastre. Mais Julius succomba aux émanations suffocantes et de vrais pompiers en chair et en os, dans une vraie voiture d'incendie, furent mandés de la caserne la plus proche pour le ranimer par la respiration artificielle.

Le neuvième et dernier accident, parmi les plus pénibles, eut pour victime Mamie Mason soi-même qui, en fin de compte, fut bien obligée d'aspirer une bouffée d'air. Et — par l'ombre rebondie du Graf Zeppelin ! — le fourreau taille 40, tendu à craquer, craqua sur toutes ses coutures.

— Je vous l'ai bien dit, ma belle, rappela la perfide commère à son interlocutrice. Bonté divine ! Mais comment a-t-elle pu, pour commencer, tasser tant de choses dans ce sacré tuyau ?

— Allons, ma belle, réfléchissez un peu ! La graisse, quand elle est chaude, on peut la couler n'importe où !

Bien que fâcheusement dégrafée, Mamie quitta la brillante réception de triomphale et glorieuse façon. Car, lorsqu'elle sortit, enveloppée dans un drap de lit du Waldorf Astoria, des photographes d'agences se ruèrent sur elle et la mitraillèrent de leurs flashes, l'ayant prise pour la maharanée en visite qu'ils avaient mission de photographier.

Mamie dut se pincer pour se convaincre que tout cela était vrai. Les choses avaient marché selon son plan, et même mieux que prévu. Elle avait réconcilié les ménages Wallace-Juanita et Art-Debbie, et elle avait organisé l'une des plus prestigieuses manifestations mondaines de la saison, et même de toutes les saisons. Par la même occasion, elle avait placé un superbe coup de poing dans les gencives de cet éternel croquemitaine qui a nom union mixte, avec, bien entendu, la coopération du jeune époux et de la jeune épouse. Et, en conséquence, elle avait reformé le front, plus uni encore que par le passé, des défenseurs de l'amitié interraciale, tant noirs que blancs, et les avait alignés une fois de plus, épaule contre épaule, face à cette vieille marotte — le problème noir.

Et, pour ses immenses services rendus à l'humanité en général et à l'humanité noire en particulier, elle n'eut que la seule récompense de voir publiées, sur toutes les pages mondaines de toutes les revues noires, des photos du genre :

Mamie souriante, debout, entre les nouveaux époux épanouis;

Mamie béate, donnant le bras d'une part à Joe, d'autre part à Wallace Wright, avec Juanita à l'arrière-plan, s'accrochant de son mieux pour rester dans le champ;

Mamie triomphante, occupant le centre exact d'un groupe formé par les très distingués docteur Garrett, docteur Stone, docteur Kissock et leurs distinguées épouses. Mais, pour ce faire, il avait fallu séparer le docteur Stone de Madame.

Enfin, le succès du Bal Masqué était désormais assuré. Mamie n'avait plus qu'à réduire ses proportions aux mesures d'une taille 40, afin de pouvoir entrer dans cette toilette sensationnelle, lamée argent et rebrodée de pierres du Rhin, qu'elle s'était fait faire quelques mois auparavant pour tenir dignement son rang royal au Bal Masqué. Mais cela ne présentait aucune difficulté. Il suffisait qu'elle s'arrêtât de manger et de boire. Une bonne chose déjà — elle n'avait pas à s'arrêter de respirer. Et, après tout,

Mahatma Ghandi y était bien arrivé. Alors pourquoi pas Mamie?

Car, très certainement, Mamie Mason était animée d'une foi tout aussi ardente.

HARLEM, U.S.A.
LE BAL MASQUÉ DE MAMIE MASON

Toute la journée, les dames de la haute société de Harlem et de ses annexes du Bronx, de Brooklyn et du Comté de Westchester s'étaient penchées sur des fourneaux brûlants, occupées à faire de la cuisine : étuvant des têtes et des pieds de cochon, faisant cuire des crevettes bouquet et des crabes, fricasser des lapins de chou et des cailles dodues, frire des filets de poisson-chat et des poulardes aux cuisses rebondies, sauter des frivolités de bouc et des cervelles blanchies de taureaux, dorer au four des jambons de Virginie, fumés et enrobés de cassonade, et des tartes à la patate douce, braiser des queues de caïman au riz sauvage, rôtir des jeunes sarigues tuées dans l'arbre et des dindonneaux tendres, nourris au lait, confire enfin des écorces de pastèques et des pelures de grenade.

Nom d'une tomate mûre! Father Divine était-il trépassé? Une invasion de sauterelles était-elle annoncée? Ou peut-être une convention de prédicateurs de l'église baptiste?

Rien de tout cela!

C'était le jour du Bal Masqué de Mamie Mason et ces dames de la haute société préparaient quelques hors-d'œuvre pour se sustenter, elles, et régaler leurs bien-aimés et leurs amis, sans parler de tous ces Blancs qui se croyaient trop importants pour participer à l'approvisionnement du buffet, mais dévoraient, au cours de ces heures inoubliables de réjouissances, la nourriture que d'autres avaient apportée.

Tard dans l'après-midi, on pouvait voir des mères de famille, harassées, suantes, mais satisfaites, accompagnées de leur progéniture à la bouche grasse et au ventre ballonné, prendre le chemin du Bal Savoy, chargées de paniers d'osier, de caisses et de cuvettes, débordants de merveilles gastronomiques, propres à flatter le palais, à chatouiller les papilles gustatives et, bien entendu, à remplir le fanal des gourmands, gourmets et autres raffinés. Toutes ces exquises choses allaient être déposées dans des réserves, pour être consommées au cours de la nuit, pendant les pauses-buffet.

Malgré l'aspect peu appétissant des récipients dans lesquels elles étaient transportées, ces friandises avaient été confectionnées avec amour pour séduire le regard et parer la table, autant que pour flatter le goût.

Les jambons cuits au four portaient des incisions formant des motifs abstraits, des profils caricaturés et des hiéroglyphes; dressées sur des plats, les dindes rôties étaient flanquées de statuettes de pèlerins, modelées dans de la purée de pomme de terre et des peaux d'aubergine; les filets de poisson-chat nageaient dans des Mississipi de sauce blanche, sur des plats vert vif; les petites sarigues rôties étaient couchées en rond, dans l'attitude du sommeil, sur des lits de choux. Des hors-d'œuvres, de présentation plus esthétique encore, étaient composés de cubes de joue de porc bouillie, de fines tranches de pied de porc désossé, de minuscules bouchées de frivolités de bouc, sautées et roulées, de brochettes de cervelle bouillie de taureau primé, de cuisses de grenouilles frites et de beignets de clams — tous ces morceaux de choix étaient piqués sur des cure-dents, eux-mêmes plantés dans des moitiés de citrouilles, l'ensemble évoquant un porc-épic géant et tout rougissant d'avoir été surpris en flagrant délit, alors qu'il emportait sur ses piquants le butin d'un pillage.

Bien entendu, pour compléter ces hors-d'œuvres, on pouvait trouver :

1) Des condiments, des sauces et des assaisonnements — grands pots de moutarde, cornichons et piments au vinaigre, bouteilles de sauce au piment et de ketchup, poêlons de coulis de barbecue brûlant, récipients divers contenant du jus de poulet, de la graisse de jambon, du jus de sarigue, de la sauce de dinde et, évidemment, salières et poivrières, garnies de poivre noir et rouge.

2) Le service de table : couteaux à découper, louches, fourchettes à longues dents, couverts, argenterie, verrerie, porcelaine, nappes, serviettes, cartons pour marquer les places, souvenirs variés, vases de fleurs et autres ornements.

3) Les boissons : gros thermos pleins de café noir et crème, de thé nature ou au lait, de babeurre et de lait sucré; limonade et jus de fruit.

4) Les rafraîchissements : bouteilles de whisky, de gin, de rhum, de cognac, de liqueur « Délices du Sud », « Davey Crockett, tueur d'ours », de vin, de bière, de cidre, de coca-cola, d'eau gazeuse, de limonade au gingembre et de sodas en tous genres.

5) Enfin, très importante et dernière liste, celle des remèdes : pilules pour migraines, vapeurs, extinction de voix, transpiration excessive et aigreurs d'estomac; flacons de spécialités pharmaceutiques contre les embarras gastriques, les crampes d'estomac, la diarrhée, les faiblesses de la vessie, l'échauffement rénal, les flatulences, le mal de dents et l'hémorragie nasale; médicaments préparés sur ordonnance pour soulager les crises cardiaques, sup-

primer les points noirs et calmer l'excitation nerveuse; antidotes de divers poisons, stimulants pour maintenir le sujet en état de veille; recettes confidentielles pour combattre l'ivresse; alcool à friction pour courbatures, pieds enflés, bras douloureux, torticolis et crampes dans les doigts; liniment pour les foulures; bandages, sparadrap et antiseptiques pour coupures et ecchymoses; philtres, potions aphrodisiaques, amulettes et charmes pour soulager les crises sentimentales; et même, on avait disséminé quelques bouteilles contenant de la décoction d'amourette de bélier qui, comme chacun sait, stimule la virilité.

Enfin arriva l'heure capitale que l'on avait attendue le cœur battant et le souffle court.

La magnificence des lieux était assurément inégalable. Les décors de la salle de bal du Savoy pouvaient être avantageusement comparés à ceux de la salle du Couronnement. L'œil était littéralement révulsé par les ornements de pourpre et d'or, aux couleurs de la *Société des Mondaines du Monde de Harlème*. D'un côté de la piste de danse, les loges étaient entièrement drapées d'étamine d'or et de pourpre royale. A l'extrémité opposée de la salle, on voyait un radeau d'or pur, flottant sur une mer purpurine. De longs rubans, partant du centre du plafond et aboutissant aux murs, formaient un chapiteau, lui aussi rayé d'or et de pourpre. Et, dans la loge centrale, faisant face à l'estrade des musiciens, se dressait, sous un dais pourpre, un trône d'or, qui attirait les regards de tous les coins de la salle.

D'un côté du trône était la loge réservée au jury, de l'autre, celle de la presse.

Dehors, un passage, isolé par une cordelière depuis le bord de la chaussée jusqu'à la grande entrée, était gardé par un cordon de police spécialement détaché pour la circonstance.

Bien avant l'arrivée des premiers convives, la foule s'était assemblée dans la rue : des vieux et des jeunes, des rachetés et des pécheurs, des carottiers et des travailleurs, des macs et des tapins, des prédicateurs et des portiers, des caïds enfin de la loterie des numéros, dans leurs grosses voitures luisantes, qui rêvaient d'être un jour invités, eux aussi... en un mot, tout Harlem était là, à l'exception des privilégiés qui avaient accès à l'intérieur, même les chats et les chiens de Harlem, poussés par la curiosité, étaient venus, et même les rats, également curieux, de Harlem, qui étaient sortis de leur trou, intrigués par ce charivari.

Hé! Les voilà qui arrivent!

Des limousines pilotées par des chauffeurs, de grosses décapotables, des Buick Roadmaster, des Oldsmobile-fusées, des Ford-Thunderbird, des Packard ronronnantes, des Lincoln à puissance de cavalerie, des gros corbillards noirs garnis de chrome des hommes d'affaires arrivés et des gloires du spectacle, la Jaguar rouge pompier du légendaire chanteur M. X..., la Mercédès sport bleu tendre de l'ancien champion de boxe Volcano Jones, et voici venir un wagon pullman particulier, digne d'un voyageur royal. Non, ce n'est pas un wagon, c'est une automobile — et, vingt dieux! elle transporte effectivement un roi! C'est une Rolls-Royce, plaquée or, dont la carrosserie spéciale imite un superbe porc de concours, avec, sur les quatre portières, des hauts reliefs représentant des poulets à la broche, couleur brun et or, afin que le monde entier sache que l'homme véhiculé en cet équipage est Rufus-Côte-Première, le roi des Rôtisseurs.

Toute l'histoire piquante des temps connus traversa cette petite bande de trottoir de Harlem en cette prestigieuse nuit : dieux de l'Olympe, conquérants de l'Empire romain, rois bibliques, potentats orientaux, féroces pilleurs barbaresques, chevaliers du Moyen Age — noirs, comme il convient — têtes couronnées de tous les trônes d'Europe, artistes immortels, grands peintres de la Renaissance, intrigants de cour, sycophantes du pape, hommes de science qui, en dernier lieu, s'étaient balancés, pendus par les pouces, dans quelque vieux donjon, amants célèbres du passé et, bien entendu, meurtriers infâmes, monstres, anges et démons, dragons, saints, lutins, Pieds Noirs de l'Amérique du Nord, Mains Noires d'Italie, drapeaux noirs des bateaux pirates qui jadis écumaient les mers, Faucons Noirs de... bon sang de bonsoir! d'où peuvent-ils bien venir, ces faucons-là?... et Gardes Noires de... hmm... euh... enfin, celles du coin. Et voici que s'avance Archimède (IIIe siècle avant J.-C.) conversant avec saint François d'Assise (XIIIe siècle de notre ère)... on se demande bien ce qu'ils peuvent se raconter! Et voici Lucifer en personne, donnant le bras droit à Dante et le gauche à Milton. Il doit leur signaler les erreurs commises dans leurs écrits; et le poisson est là aussi... sous la forme de l'énorme baleine blanche, Moby Dick, conduite en laisse par le capitaine Ahab, l'unijambiste; et regardez cette grosse pieuvre noire serrant dans ses tentacules huit sirènes... mais non... y a erreur... ce n'est qu'un loustic de Harlem, nommé Potty Squatty, qui vend des poupées-souvenirs en chiffon; et voici Ali-Baba, flanqué d'un unique voleur... et pourtant, on est à Harlem.

Les voilà tous réincarnés pour la plus grande gloire de Mamie Mason... non, non!... mettons les choses au point... pour la plus grande gloire et pour le triomphe de la Cause Noire et pour l'édification des enfants des écoles, qui ont envie de voir en chair et en os ces grands héros de la jeunesse de Harlem : Aristide et Frédéric Nietzsche, sans parler de Jack l'Éventreur et de Billy the Kid.

Wallace fit son entrée, déguisé, fort à propos, en Job, mais Juanita était Didon, la grande reine de Carthage... Quelle clairvoyance!

Willard B. Overton apparut sous l'aspect de Bouddha et sa femme Alice, sous l'armure de Jeanne d'Arc.

Edward Schooley était Bacchus et Patty Pearson Lucrèce Borgia.

Mais le docteur Baldwin Billings Brown s'était déguisé en Sphinx et Maiti, son épouse, en Circé... comme je vous le dis!... On comprend d'autant mieux le choix du Sphinx.

Kathy Carter avait opté pour les falbalas de la Grande Catherine — on aurait pu s'en douter! — et son cavalier, le jeune écrivain noir d'avant-garde et de quarante-neuf ans, Lorenzo Llewellyn, avait fait preuve d'un certain discernement en se présentant en pithécanthrope.

Le docteur James Steele était travesti en Henri VIII et sa femme Dora en Cléopâtre, ce qui provoqua quelques hochements de tête inquiets parmi les psychiatres.

Jonah Jones, correspondant à l'étranger et postulant à une bourse Rothschild, était « le Fardeau de l'Homme Blanc », et son épouse, Dimples, la femme de Loth. D'une façon ou d'une autre, ils semblaient bien assortis.

Cleo Daniels fit son entrée, déguisée en Walkyrie. Un étranger l'escortait, dont le sexe ne fut jamais déterminé, et qui s'était habillé en Sapho.

Le conseiller particulier à la présidence, Arthur Tucker, était, lui, habillé en dieu Pan, quant à Mme Tucker, souffrante, elle s'était fait excuser.

Inutile de dire que Merto était Eve et que son collier était composé de ces petits objets-souvenirs de couleur rouge et verte que seuls reconnurent ceux qui leur avaient servi de modèle; les autres crurent voir dans ces ornements des pommiers miniature. Mais... nom d'un têtard frétillant!... elle avait oublié la feuille de vigne!... et puis non, elle était bien là, la feuille, mais que ce plant de vigne était donc rabougri ! Et Maurice incarnait... il n'y a pas de quoi rire, voyons !... Cupidon.

Milt Shirley portait la toge de Néron, l'empereur romain, et sa femme Bessie était... Nana... que Freud lui pardonne !

Evie Miller au teint clair et Moe Miller au teint sombre apparurent respectivement comme la bonne et la méchante fée.

Le professeur Isaiah Samuels s'était déguisé en Loup Garou et Kit, son épouse, en Joconde, ce qui provoqua dans l'assistance quelques haussements de sourcils.

Handsome Burroughs représentait Samson et son épouse, Brown Sugar, Dalila, rôles qu'Art Wills jugea fort bien distribués.

Le Révérend Mike Riddick apparut sous les traits de Moïse avec une barbe de fleuve toute blanche et de longs cheveux de neige. Sa femme Peggy figurait le Rocher.

Julius Mason s'était costumé en Toth, le scribe d'une divinité égyptienne, bien que de nombreux invités qui étaient renseignés sur le personnage qu'il incarnait, prétendissent, par la suite, qu'il n'était pas le scribe Toth, mais le Resquill'Notes. Sa femme, Judy, qui personnifiait Aspasie, compagne de Périclès, prouva ainsi qu'elle avait meilleure opinion de son mari que celui-ci n'avait de lui-même.

Comme de bien entendu, quelques invités blancs se déguisèrent en Noirs et quelques Noirs en Blancs.

Art et Debbie Wills, grimés en noir, se présentaient comme l'Oncle Tom et la Petite Eva, déguisement qui ne fut guère goûté par un certain nombre de convives de couleur, qui étaient noirs de nature et Oncles Tom (1) par tempérament.

(1) Pour les Noirs, type même du Nègre humble et obséquieux.

Will Robbins et Fay Corson, le visage également barbouillé de noir, avaient préféré les fastes de l'empereur d'Éthiopie et de la reine de Saba, ce qui eut l'heur de plaire aux membres de l'assistance à peau sombre.

Lou Reynolds et sa collègue, Lulabelle Talmadge, maquillés en noir, eux aussi, incarnaient : le premier Cham, fils cadet de Noé, la seconde Agar, concubine d'Abraham, ce qui, pour le public noir, parut acceptable sinon flatteur.

Mais quand arriva un couple ami de Lou et invité par lui, l'homme étant déguisé en Oncle Ben, le cuisinier noir lancé par une campagne publicitaire pour la consommation du riz pré-cuit, et la femme en Tante Jémina, la cuisinière noire popularisée par les affiches vantant la pâte à crêpes en conserve, les invités, dont la noirceur ne devait rien au maquillage, ne furent pas contents du tout.

Cependant, pour rétablir quelque peu l'équilibre, Panama Paul, le visage passé au blanc, apparut sous les traits d'un George Washington lippu. Et George Washington, père de la patrie, était accompagné de ces deux charmantes artistes à peau sombre et, pour le moment, en disponibilité, grimées en blanc pour la circonstance : Bebe en Mme Dubarry et Fifi en Scarlet O'Hara... histoire de rigoler, bien sûr!

Zeke et Zoe eux-mêmes avaient fait le voyage de Chicago pour se faire admirer, l'un dans un costume de pharaon, l'autre dans les atours de Charlotte Sophia, la reine noire d'Angleterre, car les gens de là-bas prennent plus à cœur la Cause Noire que l'exactitude historique.

Et ce directeur bien connu d'une entreprise de Pompes Funèbres de Memphis, Tennessee, qui avait nom I. D. Graves (1) et dont le slogan était : « L'archange Gabriel est notre ami », arriva aussi avec sa femme Lily,

(1) Grave : tombe.

lui personnifiant le fleuve Styx et elle, les portes du Paradis, ce qui n'empêcha pas certains esprits malveillants de prétendre qu'il n'était là que pour racoler de la clientèle.

Le jury était composé, on s'en doute, de ces vénérés amis de la Cause Noire, toujours prêts à donner leur concours aux manifestations pour l'entente interraciale, les très distingués docteur Garrett, docteur Stone et docteur Kissock. Ils portaient la cravate blanche et l'habit, ainsi qu'il sied à des experts appelés à juger des qualités esthétiques d'un prestigieux tableau qui devait son éclat aux chatoyants costumes du plus somptueux opéra-comique qu'il fut jamais donné d'admirer.

Ce fut un éblouissant spectacle. Une nuit inoubliable. Les trois jurés délibérèrent. Les deux orchestres déversèrent des flots de musique. De succulentes gourmandises furent englouties, des hectolitres de rafraîchissements absorbés. Des milliers de semelles soulevèrent la poussière, d'innombrables mensonges furent prononcés, des centaines de réputations furent piétinées, des vagues d'émotion furent soulevées. Oui, la Cause Noire fut brillamment servie.

Mais, nom d'un poisson-lune! où donc était la reine de cette fête, celle qui devait prendre place sur le trône, telle une scintillante Pandore, pour ouvrir à minuit sa boîte magique? Où donc était Mamie Mason, qu'attendaient accolades et ovations pour célébrer le plus beau triomphe de sa carrière et consacrer définitivement son titre de première grande dame de Harlem, U.S.A.?

Elle ne se montra même pas.

Elle était tombée d'inanition au moment où elle quittait son appartement pour se rendre au Bal Masqué, et Joe dut l'emmener dare-dare à l'hôpital de Harlem, où deux transfusions sanguines furent nécessaires pour rendre un peu de vie à la peau qui seule, maintenant, recouvrait ses os.

Et Juanita Wright, qui personnifiait Didon, reine de Carthage, remplaça Mamie au pied levé sur le trône — combien plus prestigieux ! — de la reine du Bal Masqué.

Bien des jours plus tard, quand Mamie apprit la chose, ce fut un beau barouf !

— Ça m'apprendra à offrir l'hospitalité à ce genre de créatures ! explosa-t-elle. Elle a pas plus tôt passé ma porte qu'elle s'empare de mon trône !

Dans sa fureur, Mamie jura ses grands dieux que cette femme ne remettrait plus jamais les pieds chez elle.

— Que je crève à l'instant si, l'année prochaine, j'envoie à ces misérables Wright une invitation à mon Bal Masqué, rageait-elle. Et qu'on ne vienne pas me casser les pieds avec la Cause Noire !

Mamie Mason avait la foi.

TABLE DES MATIÈRES

N° d'édition : 1451
Dépôt légal : octobre 1983

ACHEVÉ D'IMPRIMER
SUR LES PRESSES D'ELANDERS
(SUÈDE)